啄木の遺志を継いだ土岐哀果

TOKI Aika

幻の文芸誌『樹木と果実』から
初の『啄木全集』まで

長浜　功　著
NAGAHAMA Isao

社会評論社

啄木の遺志を継いだ　土岐哀果

＊目次

【凡例】

①引用文献の文字は基本的に原文通りですが漢字は新字体にした場合があります。

②ルビは原文のままです。

③難字には〈カタカナ〉でルビをつけました。

④敬称は総て省かせて戴きました。

はしがき

石川啄木の名を知っていても土岐善麿《ときぜんまろ》（哀果《あいか》）の名を知っている人は少ない。実は哀果は啄木をこの世に初めて紹介した人物であり、哀果がいなければ啄木の今日はなかったと言って過言ではない存在なのだが、なぜか哀果の名は今以てあまり知られていないのが現実である。もう少し言えば啄木と言えば金田一京助や宮崎郁雨が決まって登場するが哀果の名はほとんどでてこない。

何故かというと実はその理由は私にも分からない。かくいう私自身も哀果の名を知ったのは啄木に興味を持ちだしてからのことであり、それも少し本気で啄木について調べ、つたないなりに数冊の著作を書き残してようやく哀果の存在に気づいたという始末だったのである。

私が初めて哀果の名を知ったのは啄木の娘京子と結婚した須見正雄のことを調べていた際に突然、哀果の名が出て来て以来なのである。啄木の娘婿となった石川正雄は最初はおとなしかったが次第に頭角を現わして啄木の世界に踏み入って独自の行動を展開し出した。その手始めが哀果が腐心して編んだ全三巻『啄木全集』（新潮社）の版権を哀果に相談もせず独断で改造社に売り渡したことだった。

この時、哀果は読売新聞の社命で西欧を視察していたが帰国してこの事実を知るが、些事にこだわらない哀果はそのまま放っておいた。改造社の契約は版権の買い上げだったため、その後の啄木の著作料は一銭も石川家に入らなくなっていた。やむを得ず石川正雄は哀果に頭を下げて苦情を訴えた。すると哀果は知人友人を総動員して改造社の山本実彦社長に直談判し著作権の見直しをさせて印税や出版物の改善を実現させた。いわゆる『啄木日記』はこの哀果の奔走で改造社から守られたのだった。

また哀果は啄木亡き後、啄木の歌集を出版したり、遺作となった小説を読売新聞に掲載して遺族に救援の手を休めなかった。そして『啄木遺稿』という未発表の作品を世に送って啄木を世に広める努力を惜しまなかった。

哀果がいなければ啄木の名は忘れ去られていたかも知れないのである。金田一京助や宮崎郁雨の名が知られるのは哀果の編んだ初めての『啄木全集』がベストセラーになってからのことであり、哀果の尽力がなければ啄木は埋もれたまま、金田一京助や宮崎郁雨の献身的な貢献を知ることもなかったのだ。こうして啄木を守った哀果の役割がほとんど評価されずに、今日に至るまできちんと伝承されてこなかったのか不思議でならない。

もちろん以前に書いた私の一連の啄木に関する著作で哀果にはふれていたが、ものの順序から言えば先に哀果ありきで啄木はその後というのが書くべき順番ではなかったかということにようやく気付いたのである。遅きに失したが放っておけば今後も哀果を語ってくれる人物が現れるとは思えないので〝隗よりはじめよ〟という次第となった。

本書は哀果が啄木と出会い、新しい文芸誌『樹木と果実』を出そうと意気投合し、いくつかの難関に遭遇し挫折し、啄木は失意の内に亡くなったあと、その遺志をついで文芸誌『生活と芸術』を刊行するまでの物語である。そして啄木の名を全国に知らしめた哀果が編んだ『啄木全集』に至る過程を加えている。

哀果の本名は土岐善麿であるが啄木と出逢った頃から「哀果」の雅号を用い、我が国初の『啄木全集』を出した後、本名の「善麿」に戻っている。したがって本書は「哀果」時代の青春を描いた一編である。ただし、本書では善麿の本名に戻った時期ではあっても無用な混乱を避けるためやむを得ない場を除いて「哀果」で通している。

二〇一七・平成二十八年　三月十五日　哀果逝って二十六年目の命日に

長浜　功

I章　幻の文芸誌『樹木と果実』

二人が出会ったのは二十四歳の頃、啄木は朝日新聞社の校正係、哀果は読売新聞の社会部記者で哀果の歌集『NAKIWARAI』を巡って意気投合し、新しい文芸誌『樹木と果実』をだそうと奮闘するが印刷所の不手際で挫折し、啄木は病状が悪化して帰らぬ人となる。二人の関係は僅か一年と三ヶ月だったが、その遺志をついで哀果は啄木を世に広めるべく努力を重ね続ける。

出会った頃の二人（下・哀果）

一　啄木を支えた三人の男たち

初めに断っておくが私は歌人でもなく詩人でもない。まして文学のこともほとんど素人でまるで分からない。ただうだつの上がらない職場の定年を迎えて自由な時間がようやく出来たので以前から漠然と興味を抱いていた石川啄木という人間をもう少し知りたいと思い立って啄木の作品を読み、関連の文献を集め始めた。

それで驚いたのは弱冠二十六歳という若さで亡くなったこの人物に関する解説や批評或いは評論の膨大なことであった。それは佐藤勝が編んだ『石川啄木文献書誌集大成』（武蔵野書房を見れば一目瞭然である。ここに収められた啄木に関する文献すべてに目を通そうとすればどの位の時間が必要か、目のくらむような歳月を必要とすることは明らかだ。

また啄木の伝記と評伝の数の多さも群を抜いている。小説になった作品も含めると優に百冊は越えているだろう。最近はドナルド・キーンもこの参列に加わって花を添えている。またいま一つ卑近な例を挙げれば日本民俗学の師柳田國男は膨大な仕事を残し八十七歳で亡くなったが、その氏の評伝は『評伝柳田國男』（牧田茂、日本書籍、一九七九年）、『柳田國男伝』（柳田國男研究会編、三一書房、一九八八年）など数冊あるに過ぎない。またほぼ同世代の柳宗悦

（一八八九〜一九六一年）は全集二十二巻を残しているが『評伝柳宗悦』（水尾比呂志、筑摩書房、一九九二年）と『柳宗悦』（鶴見俊輔、平凡社、一九九四年）の二冊、また奇行で知られる異彩の板画家棟方志功は『祈りの人―棟方志功』（宇賀田達雄、筑摩書房、一九九九年）と『鬼が来た―棟方志功伝』（長部日出雄、学陽書房、一九九九年）の二冊だけだ。いずれもこれらの人物はいわば天寿を全うしており、啄木のように僅か二十六歳という夭折からすると啄木人気がいかに層の厚い人気を勝ち得ているか一目瞭然である。

そしてまた、啄木を知る手がかりとして登場する生きた「証人」はと言えば決まっている。金田一京助、宮崎郁雨そして土岐哀果の三人である。この三人は啄木と直接交友があり、この三人のうち一人でも欠けていたなら今日の啄木は存在しないこともはっきりしている。金田一は啄木の生きた語り部であり、宮崎は経済的支援者として生活感覚のない啄木をとことん支えた。土岐哀果と啄木の出会いはずっと後で、その交友も僅か一年三ヶ月という短いものだったが啄木の真価を後世に伝えるという重要な役割を果たした。

しかし、この三人のうち何故か土岐哀果の存在はどうも影が薄い。金田一、郁雨とまでは名がでてくるけれど、その後に哀果が続くことはほとんど無い。実はかく言う私なども哀果とか善麿という名はあまり聞いたことがなく、ましてや彼の作品にいたっては今日まで読んだことがない。だから啄木とのつながりで哀果という人物を想起することなどあり得なかったのである。ちなみに哀果は雅号で善麿が本名である。啄木との交友期は雅号を使っていたが一九一九

（大正八）年頃から善麿を使い始めている。（この年、ベストセラーになった『啄木全集』ではなぜかまだ哀果を使っている。）

二　土岐哀果

実は私は哀果については全く関心がなく、何の知識も持たず、啄木の晩年に居合わせた人物といった程度の認識しかなかった。そして少しずつ調べていくうちに啄木にとって非常に重要な位置を占める存在ということに気づいたのである。一つには身体を蝕み進退窮まった啄木の歌集「一握の砂」を出版社とかけあい死の床に印税二十円を届けたこと、啄木亡き後に「悲しき玩具」を出して節子夫人に少しでも経済的支援を惜しまなかったことを知るに至って、これは並の友情で済まされる姿勢ではないと感じて、改めて哀果を見直す必要があることを認識したのだった。例えば、哀果は節子夫人から預かった遺稿をいちはやく『啄木遺稿』として出版したり、小説「我らの一団と彼」を自社の読売新聞に連載（二十回）したりして遺族の支援に奔走した。そして究極は啄木の遺稿はもとより評論や書簡等をまとめて新潮社に持ち込み尻込みする社長を口説き落としてこれを三巻の「全集」として出版させたのである。これが大当たりしてベストセラーになり二十万部も売れた。遺族への力強い支援となったことはもとより、このことで無名の啄木の名はたちまち全国的に知れわたって一躍国民的歌人としての立場を不動のものにした。

このことはなんと言っても哀果によってこそ為しえた偉業であり、哀果なくして今日の啄木はなかったと言って過言ではない。ところが、実際には膨大な啄木論が横行し続けているにも関わらずそのなかに哀果の名が出て来ることは稀である。もう少し厳密に言えば哀果という名はほとんど叫ばれない。これだけの功績がある哀果がなぜ今日にいたるまで正当な評価を受けずにいるのだろうか。それは不思議や不可解というより、もっと単純で素朴な疑念を受け

そういった私の疑念は啄木にまつわる哀果の評価だけではない。哀果の仕事は歌ばかりではない。哀果にとっては歌はむしろ「余技」だったといったら専門家に叱られるかもしれないが、第一線の敏腕記者という仕事はもとより、文芸百般に至る仕事ぶりは学士院賞を受けるなど、その功績は同時代の人士をはるかに凌駕している。とはいってもその中身について語る資格や力量は私には皆無であるが、その幅広い分野と着眼点は驚きに値すると言って過言ではないだろう。

また哀果には著作集も全集もない。彼ほどの人間であればそのいずれかがあっておかしくない。むしろない方がおかしい。先に挙げた柳田國男も長生きして『全集』を残している。全体で三十余巻というあまり膨大な量のため、これを読了するのに怠け者の私は三年もかかった。

もっとも著作毎にノートを作ったせいもあるけれども。

哀果の場合、なぜ著作集や全集がないのだろうか。これは学界における謎といっていい。確かなことは哀果自身がこのことを望まなかったということである。証拠はないが彼が言い出していたならどこからでも出版できたことは疑いない。これも推測だが何社かから打診のあったことも間違いない。当時は今と違い見識のある編集者がまだ残っていたから、哀果はむしろそういう編集者と駆け引きを愉しんでいた可能性も残っている。

恨み言を言うようだがお陰で哀果の跡をつける私などは大変な困惑を蒙っている。第一、散逸している著作を必要に応じてその都度一つ一つ探さなければならない。国会図書館や公共図書館で検索することも可能だが足腰弱った老人が足を運び体力を消耗するこの作業はそうやすやすと取り組めない。また最近はネットで古書店から購入することが出来て便利だがものによっては万を越える値段がついていて素人の年金暮らしには容易ではない。

哀果という人間は物欲に淡泊だったから大げさな全集を避けたのかも知れない。しかし、私のようにトボトボ跡を辿る人間には不親切に思えてしまうが、これを聞いた哀果に怒られるだろうか。

三　啄木の朝日新聞校正係

1　幻の啄木の洋服姿

もう一つ、啄木と哀果の関わりでどうしても触れておかなければならないことがある。それは二人の出会いから始まった新しい文芸誌『樹木と果実』創刊の話である。もともと啄木は気にいった人物と会うと「どうだ、二人で文芸誌を作らないか」ともちかけるのが常だった。盛岡で友人らと計らって自ら編集長となり文芸誌『小天地』を出したのが病みつきになったらしい。これが失敗して北海道にわたり野口雨情と「小樽日報」で机を並べた時にも野口を誘い、東京に戻ったら文芸誌をだそうと持ちかけている。

釧路からほうほうの体で家族を函館に残して東京に出てきた啄木が小説で身を立てようとし、森鴎外の手までかりるが出版社から相手にされず糊口を凌ぐため朝日新聞社の校正係に入った。一九〇九（明治四十二）年三月一日のことである。と言っても順調に話が決まった訳ではない。朝日の編集長佐藤真一は盛岡出身で同郷ということを聞きつけて啄木は校正をやらせてくれと手紙を書いた。

金田一によればその手紙は履歴書に添えて「御社では、私の如きものを、使って下さいますまいか。但し小生は、生活のため、月三十円を必要とするものにこれあり候也」というもので依頼というより押しつけに近いものだったという。(「石川啄木の命の親　朝日の佐藤編集長」『岩手日報』一九六一年四月十三日付)この手紙に対して佐藤は今はアキがないが一度お会いしたいと返事をした。同郷で若いながら与謝野鉄幹の評判もいいという話を佐藤は聞いていたので一度会ってみようという気になったのだろう。

会ってみると頭の回転が速く、森鴎外や若山牧水、北原白秋の名が次々と出て来て話題に事欠かない。東京市長の尾崎に会った話などを聞かされた佐藤は一目で気に入ってしまい、ついつい採用をきめた。久々の快挙に喜んだ啄木が家族や友人にこの吉報をぶちまけたことは言うまでもない。

当時の朝日には弓削田精一、中野正剛、鈴木文治、杉村楚人冠、森田草平、池辺三山、安藤正純等といった錚々たる人材が社内を闊歩していた。また夏目漱石、二葉亭四迷、饗庭篁村、半井桃水といったような社外待遇の文化人が屋台骨を支えていた。土岐哀果が読売新聞の社会部に入ったのは一九〇八(明治四十一)年のことであるから啄木が朝日の校正係は翌年ということになる。

朝日の校正係の初出社は三月一日だった。余談になるが朝日に入社が決まった時、啄木は大喜びで釧路の馴染みの坪仁(小奴)に羽織を質に入れてその金で電報を打っている。すると小奴は翌日電報為替で二十円を送ってきた。芸妓の二十円は大金だ。察するに啄木は背広を買おうとしたらしい。しかし、気の大きくなった啄木は心のこもった貴重な小奴のこの祝いを欲しかった本の購入や友人達に酒などをおごったり浅草塔下苑の夜遊びに使い、たちまち底をすってしまった。このため私たちは啄木の背広姿を見る機会を失うことになった。

2　啄木の校正係

三月一日、初出社の日、勤務は午後一時から六時までで月給二十五円、外に夜勤料五円というから悪くはない条件だ。その日の日記には次のように記されている。

佐藤氏に面会し二三氏に紹介される。広いく編輯局に沢山の人がゐる。一団づゝ、方々に卓子と椅子がある、そして四方で電話をかける声がしつきりなしに広い室内に溢れる、―つかれた、無理に張上げた声だ、―その中で予は木村といふ爺さんと並んで校正をやるのだ。校正長の加藤といふ人が来た、目の玉が妙に動く人だ、―校正は予を合せて五人、四人は四人ともモウ相応の年をした爺さんで、一人は耳が少し遠い、合間〳〵に漢詩の本を出して読んでゐた、モ一人の経済の方の校正は俺はモリ（ソバ）なんかは喰はぬと言つてゐた。／社会部の主任渋川玄耳といふ人は、髯のない青い顔に眼鏡をかけてゐた、／五時頃初版の校正がすんで、帰つてもよいといふ、電車で帰つた、そして飯を金田一君と共に食つて、そして湯に入つたこれによると校正係は啄木をいれて全部で五人、その四人はもうくたびれた爺さんということになっている。老人といわず「爺さん」と表現しているところをみると善人たちだったようで居心地は悪くなかったようだ。その証拠に啄木はちゃっかり木村爺さんから一円を借り出している。

校正係としての啄木は他の社員からどう見られていたかというと社会部の松崎天民は、「いつも人を見下したやうな態度をしていた。それがまた我々の石川君を敬はせるものになつて居た。」（「啄木七回忌での発言」土岐哀果『啄木追懐』改造社　一九三二年）また当時編集次長の安藤正純は「阿修羅の巷とでも形容せん新聞社の中にあつて、この少年が余りに新聞記者的でなかつたせゐであらう。玩具箱をひツくり返したやうな乱雑な校正室のなかで、白皙な紅顔の美少年が鳩のやうに可愛い顔をして、何時も黙々と仕事に熱中してゐた。」（啄木の思ひ出」『文藝春秋』一九三四年五月号）さらに同じ社会部の美土路昌一は「啄木はよく休んだ。胸がわるくなつた頃でもあらう、大島まがひの羽織と着物にセルの袴をはいて年中頚にガーゼを捲いてゐた。私も数回話をしたが、蒼い顔をした男であつた。いつの間にかゐなくなつて、たいして記憶してゐない。」（「炉辺読本」『文藝春秋』一九五三年十一月号）と素っ気ないが美土路は後に土岐哀果を読売新聞から引っ張ってきて朝日の社会部長に据えている。

此の頃は大体誰に言わせても啄木は人の顔を見ると借金をして彼が近づくと敬して遠ざけら

れるというのが当たり前になっていた。なにしろ啄木の浪費癖は有名で校正係での初めての給料日前というのに懐に一銭もなく十日には佐藤編集長から二十五円借りている。入社十日目で一ヶ月分の前借りは前代未聞というべきだろう。この時の借金は啄木が亡くなるまで尾を引くことになる。いやそれどころか借金は膨らみ続けるばかりだった。

しかしながら、ただ校正係の仕事はキチンと果たしていたのでその評価から『二葉亭四迷全集』の編集員に任ぜられたり、新設された「朝日歌壇」の選者にもなった。特に歌壇の選者になったことで啄木は社会的に一定の地歩を固めたことになり、これが啄木の新たな活躍の契機になった。いわば単なる一校正係というだけではなく歌壇における確かな位置を獲得したということを意味した。

考えてみれば初めは追い詰められて糊口を凌ぐために選んだ校正の道だったが、このことがきっかけで新たな道が開けてきたわけでこの選択は間違っていなかった。何より大きかったのは朝日にいたお陰で啄木は思いがけない人物と遭遇することになる。その人物とはだれあろう、土岐哀果だった。

実は哀果は啄木とは数年前に顔を合わせているのだが、この時は与謝野鉄幹が主宰したいわゆる文士劇で啄木は笛で鳥の鳴き声を吹く端役だった。たまたま観客席に居合わせた哀果が不服そうに舌打ちしかねない不満気で「鳥の笛なんかやってられない」と許りに当たりに言い放っている声を聞いて一緒にいた友人に「彼は誰だい」ときくと「石川啄木だよ。歌壇じゃあの若さで有名人だ」と教えてくれた。この時は「生意気な男」という印象しかなかったと後年、随所で哀果は語っている。

四『NAKIWARAI』余聞

1　ローマ字と三行表記

ある日、いつもの校正の仕事をこなしていると編輯次長の安藤正純（後に政界に進出、政友会幹事長、文部大臣）がつかつかと啄木の前にやってきて一冊の歌集を差し出し「これは僕の知っている者が出したんだが、よければ批評してくれないか」と言って渡した。それが『NAKIWARAI』だった。このとき啄木は土岐哀果という名を初めて知った。哀果の祖母が安藤家に嫁いでいたつながりからこの歌集を送られた安藤が啄木に声をかけたのである。『NAKIWARAI』はいわゆる四六版で（13×17センチ、三十ページ）一四六首を収めたローマ字表記の土岐哀果のコンパクトな歌集である。

これを渡された啄木はかつて誰にも読ませたくない日記をローマ字で書いていたことを思いだしてほくそ笑んだ。このことがなかったらローマ字に関心がなくこの『NAKIWARAI』を読まず放り投げて批評どころでなかっただろう。いまどきローマ字で歌を書くなど奇特な人間がいるものだと啄木が興味を抱いてこの歌集を繙いたに違いない。一読した啄木は早速批評を朝日に書いた。まだ無名の啄木が朝日に批評を書くということも校正係にいたからこそであろう。それにこの歌集は当時珍しいローマ字でしかも三行表記という画期的なものであったが出版当時ほとんど話題に上がらず啄木だけの批評しか出なかった。「此の集を一読して先づ私の感じたのは、著者土岐哀果氏が蓋《けだ》し今日無数の歌人中で最も歌人らしくない歌人であらうといふ事であつた」で始まるこの批評は次のように続く。

多くの新聞記者があらゆる事件を自分の浅薄な社会観、道徳観で判断して善人と悪人とを立所に拵《こしら》へて了ふやうに、知つてる事、見た事、聞いた事一切を否応なしに三十一文字の型に推《お》し込めて歌にして了ふやうな圧倒的の態度もない。さういう手腕は幸ひにして此の作家にはない。たゞ誰も一寸《ちょい》一寸経験するやうな感じを誰でも歌ひ得るやうな平易な歌ひ方で歌つてゐるだけである。其処《そこ》に此の作者の勇気と真実とがあると私は思ふ。／猶此の集は、羅馬字にて書かれたる最初の単行本としてローマ字ひろめ会の出版したものである。

(明治四十三年八月三日)

明らかに好意をもって率直な賛辞を呈しており、この批評によってにわかに土岐哀果の名は注目されるようになった。ただ、ちょっと気になるのは当時画期的だった三行表記についてのコメントがないことと、ローマ字にしたことへの評価がないことである。ローマ字日記を書いた啄木のことである。幾許もの感慨を持った筈であるが敢えてふれなかったのかもしれない。

また三行表記についてもかなり強い印象を受けたことは否定しがたいが、この年十月に出した『一握の砂』の三行表記との関連は未だ定説を見るに至っていないようである。

この三行表記問題については斎藤三郎の緻密な論考がある。この斎藤の研究は今迄あまり取り上げられていないが、この問題に関する貴重な論考である。

（斉藤三郎『続　文献石川啄木』青磁社　一九四二年）

2　三行表記に関する諸説

短歌の三行表記については未だ確として定説はなく、これまでに論じられて私なりに諸説を整理すると以下のようになる。

㈠与謝野鉄幹『中学雑誌』（第一巻五号　一八九七・明治三十年六月）に「鎌倉に宿りて」に

いまさらに、
誰の夢をおどろかす。

かまくら山の入あひの鐘。

などの一連の歌を発表している。

(二)秋庭利彦は『明星』(午歳第九号　一九〇六・明治三十九年九月)にローマ字で「TANKA」五首を発表している。ここでは冒頭の一句を挙げておく。(冒頭二句が四行表記、残り三句は三行表記になっている。)

Usi no Koe,
Utagoe maziri sinrin no
Makiba ni kikoyu,
haresi Hi nariki.

(三)啄木が盛岡中学時代に彼が主宰した「白羊会」で同人の岡山不衣がその回覧誌『白羊会詠草』(一九〇一・明治三十四年十二月)で三行歌を発表している。当然、啄木は承知の筈である。

(四)啄木の後嗣石川正雄は最初は一行書きにしたが、出版の場合、これでは八十ページにならず本としての体裁が立たないので三行にしたと述べている。

(「『一握の砂』の背景」『短歌研究』昭和二十七年四月号)

(五)「三行短歌の起源については、結局ローマ字短歌としては善麿、日本字短歌としては啄木が創始者ということにすれば無難だが、三行書の意識をもってつくられた短歌は善麿のほうが先。」という見解もある。

（冷水茂太「啄木とともに」『評伝　土岐善麿』橋短歌会　昭和三十九年）

(六)また岩城之徳は「歌についての既成の概念を破って、歌と日常の行往を接近させる方向に向っている土岐哀果の三行の歌に注目し、これを処女歌集に使用したとみる方が妥当。」と述べている。

（『石川啄木伝』筑摩書房　昭和六十年）

3　啄木の三行表記

三行歌に関しては右でみてきたような諸説があるが、啄木に関して言えば、『一握の砂』出版直前の十月九日付に出版元の東雲堂の西村辰五郎宛の書簡では次のように細かな指示をしており、これによって啄木の三行書きの〝意図〟を読み取ることが出来る。

書名は『一握《イチアク》の砂《スナ》』とする事にいたし候、目下原稿整理中、お目にかけし草稿より三四十首をけづり新たに七八十首を加へ候、頁数は二百二十ページ位、但し一首三行一頁二首に候、心ありての試み御座候、原稿は明後十一日の休みに全部清書してお渡し致すべく候／体裁は四六版背角にて表紙の色及び紙質は土岐氏の〝Nakiwarai〟と同じにしたしと存候、そして表紙に赤及び黒二色の画（書名入）を一枚貼りつけたく候が、それは名取君にたのみたく、それに対し多少のお礼出して頂けるや否や、至急御返事被下度候、中の紙はやはり「泣き笑ひ」と同じにしたけれど、これは君の方の御都合もあらん、製本は二十部頂きたし、それから原稿と引かへに頂くはずの残りの金、明日産婦病院よりかへる筈にて入用につき、恐れ入り候へども、今日午後四時半までに社まで小僧さんにお届け被下間敷や、この件、情状酌量何卒お聞き届け被下度願上候

この指示の中で「一首三行」とし、体裁を「土岐氏の〝Nakiwarai〟と同じにしたし」としていることを考えると哀果の形式の影響のみならず心理的影響もかなり受けているように思える。（なお、文中に「産婦病院」云々とあるのは啄木夫人節子が出産のため入った東京帝大附属医科病院のことで十月四日に男児を分娩し、啄木は真一と名付けている。編集長佐藤真一の恩義を感じてつけた名だったが、十月二十七日に急死している。）

いずれにしても短歌に於ける表記形式については寡聞するところ本格的な論議は行われておらず学術的な問題というより作家個人の感性に委ねられているというのが現実なようである。この表記の問題に関しては哀果が一行表記を選択する歌集『雑音の中』（一九一六・大正五年）

のところで改めて論ずることにしたい。

哀果の「NAKIWARAI」（一九一〇・明治四十三年四月）はローマ字による三行歌による初の単独歌集となったが、むしろ話題になったのは三行表記ではなく、ローマ字表記にした事だった。当時、ローマ字はほとんど普及していなかったからこの歌集を手にとることが出来たのはいわゆるインテリ層で一般市民ではなかった、という点も留意されるべきであろう。

そして啄木の初の歌集『一握の砂』はこの年十二月一日に出版された。扉には次の言葉が刻まれている。それはやがてさらに啄木一家を襲う哀しみの序曲を彷彿させるものだった。

函館なる郁雨《いくう》宮崎大四郎君
同国の友文学士花明《かめい》金田一京助君
この集を両君に捧ぐ。予はすでに予のすべてを両君の前に示しつくしたるものの如し。従つて両君はここに歌はれたる歌の一一につきて最も多く知るの人なるを信ずればなり。
また一本をとりて亡児真一に手向《たむ》く。この集の稿本を書肆《しょし》の手に渡したるは汝の生れたる朝なりき。この集の稿料は汝の薬餌《やくじ》となりたり。而してこの集の見本刷を予の閲《けみ》したるは汝の火葬の夜なりき。

実はこの歌集が出た時には青春時代を共有した無二の友金田一京助とは仲違いが生じて二人は疎遠になっていた。『一握の砂』を啄木から献辞付きで贈られた金田一は礼状どころか「送本受領のハガキすら寄越さゞりき」（「日記」）啄木の長男真一の葬儀に着る喪服を借りたいというハガキにすら金田一は返事を出さないほど二人の亀裂は深刻なものになっていた。これと対照的に宮崎郁雨は「函館日日新聞」に四十五回連載で書評を書いて啄木から感謝されている。

4　啄木と斎藤茂吉が絡んだ批評

啄木は『NAKIWARAI』について「著者土岐哀果氏が蓋し今日無数の歌人中で最も歌人らしくない歌人」（『朝日新聞』一九一〇・明治四十三年八月三日）というエールを送ったのがきっかけで相まみえることになるが、委細は後に詳しく述べるとして、二人を最も引き合わせたのは啄木が朝日に連載した「歌のいろ〳〵」という評論だった。この中で哀果の

焼あとの煉瓦の上に
Syouben をすればしみじみ
秋の気がする

という作品について啄木は直裁に「良い歌だと私は思つた」と述べ、「小便といふ言葉だけ

を態々羅馬字《わざわざローマ》で書いたのは、作者の意味では多分この言葉を在来の漢字で書いた時に伴つて来る悪い連想を拒むためであらうが、私はそんなことをする必要はあるまいと思ふ。」という好意的な批評を書いたが、その後に「私は友人の一人から、或雑誌が特にこの歌を引いて土岐君の歌風を罵つてゐるといふ事を聞いた。私は意外に思つた。勿論この歌がおなじ作者の歌の中で最も優れた歌といふのではないが、然し何度読み返して見ても悪い歌にはならない。評者は何故この鋭い実感を承認することが出来なかつたのであらうか。」

ここで啄木は「評者」の実名を挙げていないが実はアララギ派の総帥斉藤茂吉である。茂吉は哀果の三行表記をわざわざ一行表記にして短歌は須く一行と現すべきことと決めつけながら「三行に書いたり羅馬字にしたりする事に就いての私見は今は言はない」と頭からのけんか腰である。画家が描いたキャンバスの絵を逆さに見せて鑑賞させようというに等しい。以下、茂吉は哀果の作風を五点に渡って反論しているが要するに「幼稚な、力なき、浅薄な」作品と決めつけての評言である。結論は「余談ではあるが」という前置きのある「第五」の以下の結びの言葉を紹介するだけで十分であろう。(「短歌研究『アララギ』第四巻第三号、一九一一・明治四十四年)

石川啄木氏は「小便といふ言葉がフイに飛び出してきてその保守的な既成概念の袖にむつと噛み着いたのだ」と或評家を評して居るが、吾等は其程迄幼稚では無い。小便といふ文字は古代の漢方医学書には屡々現れて来る文字である。然し我国には『由波利』又は『由麻利』といふ言葉もある事を忘れてはならぬ。又私の如きは既に六年前早稲田の竹林に小便した歌を詠んで居る。小便などいふ文字に驚くほど幼稚ではない。只作者に願ふ処は、小便するなどといふ事を嬉しがらずに、もつと大切なる或ものに付き込んで表現して戴き度い。／評言も長くなつた。結論として、啄木氏はこの歌を評して『好い歌だ』と云はれたけれど、私は『好い歌では無い』と云つて置く。

この後にも哀果は茂吉と『アララギ』や『生活と芸術』誌上で長い間、論戦を交わすことになるが、それはまた後に紹介しよう。（Ⅱ章）二人の論戦は平行線を辿ったが唯一出た〝成果〟は哀果が一行表記に戻ったということである。

五　楠山正雄の仲介

話を戻そう。『NAKIWARAI』出版後、あまり注目されなかった哀果は啄木の批評を読んで快哉を叫ばなかった筈がない。ところがこの批評は「大木頭《たいぼくとう》」というペンネームであったため哀果は誰が書いたのか分からなかった。安藤正純に聞いて初めて石川啄木だということを知ったのである。

先に述べたように以前に哀果が啄木の姿をみたのは与謝野鉄幹の文士劇で鳥の鳴き声の笛をふくことにふてくされていた啄木である。この時、啄木の名を哀果は既に聞いていて「詩壇でも天才詩人としてちやほやされていた」という認識でいい印象を持っていなかった。ところが「大木頭」が啄木と知って驚くと同時に最初の印象は吹っ飛んでしまった。哀果は直ぐにでも啄木と会いたかったが年末の社会部の仕事に忙殺されてその時間がとれなかった。

そんな折、啄木と哀果を結ぶある批評が読売新聞に掲載された。翌年一月十日付文芸欄「新年の雑誌」に「K生」という匿名の記事である。

昨年の前半期は牧水氏、夕暮氏の歌が盛んに吾人の心を惹いた。中頃に吉井勇氏の歌が、吾人とはまるで違った生活をしている人でありながら、率直に言放した歌に強く吾人の胸に響くものがあった。年の暮近くになって土岐哀果、石川啄木という名が何の因縁か並べて呼ばれることになった。(二氏とも僧家の出身で共に新聞記者を職業にしているということの外別に共通の点はないと思うに) いまのところ吾人の和歌に対する興味はこの二氏の作によって最も多く支配せられている。その癖考えて見ると、お二人共歌では随分古くから苦労している人達である。それが今頃になって強ち批評家という人達が自分の仕事に都合の好いように勝手に組合せて分類の棚にのせたばかりで、御当人同士も意識して同じ傾向を追って行っているらしいのは、申し合わせたよう自分達の歌に新式の印刷法を用い始めたのでも分る。しかし新式印刷法の元祖はやはり土岐君の羅馬字の歌集であろう。

として土岐哀果と啄木の作品を具体的に示して好意的に論評している。これを書いた「K生」とは読売新聞文芸部の楠山正雄で、氏は文芸評論家として知られていて、その発言は定評があった。哀果は同僚が書いた原稿に驚いたが、一方の啄木も劣らず感激した。ふたりともそれまであまり評価されてこなかったせいもあるが、とりわけ哀果と啄木という名が同列に論じられたのは初めてで余計に嬉しかったのであろう。それまで二人の間にある一種の衒《てら》いや蟠《わだかま》りは楠山の論評によって消し飛んだ。

哀果は友人で朝日の社会部にいる名倉聞一に電話をかけ石川に会いたいが取り次いでくれるように依頼した。その日は木村爺さんが休んだので一旦帰宅した啄木は家に戻ったあとまた夜勤のため出社していたところへ名倉が取り次いだのである。二人は即座に翌日会うことにきめた。若いから決断も素早い。というより二人は会うべき運命の糸に導かれているようにごく自然な決断だと確信していたに違いない。

後に哀果が出す『生活と芸術』という文芸誌では楠山は積極的に投稿し、大杉栄と烈しい論戦を交わすことになるが、これも後述しよう。

六『樹木と果実』構想

1 哀果の啄木宅訪問

一九一一（明治四十四）年一月十三日夕刻、朝日での校正を終えた啄木は打合せ通り読売新聞社へ哀果を訪ねた。玄関で待ち合わせて二人はそのまま啄木の家に向かった。初めての面会だから酒屋か喫茶店で話し合うのかなと思ったがどこにもよらず真っ直ぐ本郷弓町の理髪店「喜之床」二階の啄木の家に向かった。家は二間で六畳が啄木の書斎、老母、節子夫人、娘の京子は四畳半だから客を招ずるには相応しいとは言えなかった。節子夫人は気を利かしてソバをとったが二人前だけだった。二人は酒を酌み交わしソバを啜りながら楠山の記事について二人が僧家の出だと書いたことを話題にして話が盛り上がった。

二人は酒に弱い事も痩せてる事も同じだつた。たゞ予の直ぐ感じたのは、土岐君が予よりも欲の少ないこと、単純な性格の人なことであつた。一しよに雑誌を出さうといふ相談をした。『樹木と果実』といふ名にして兎も角も諸新聞の紹介に書かせようぢやないかといふことになつた。土岐君は頭の軽い人である。明るい人である。土岐君の歌は諷刺皮肉かも知れないが、予の歌はさうぢやない。」

（一月十三日「日記」）

ここで注目されるのは啄木がこの段階で文芸誌創刊の話、それも啄木と哀果の名の一文字を採った『樹木と果実』という雑誌名まで出して協同を呼びかけていることである。これは哀果と直接会う約束をした直後に思いついたものではあるまい。楠山記者が読売時評で〝二人の時代〟を強調した辺りから啄木はこの構想を練っていたのではあるまいか。啄木はじかに会ってみて哀果の才能を見抜き、また聡明で明朗な性格も気に入って一挙に本題に持ち込んだのであろう。突然の話に戸惑った哀果だがこの提案に反対する理由はない。あっという間に衆議一決、広告宣伝の話まで出たところで後日、具体的な構想を詰めることにしてこの日はお開きとした。

この後の啄木の活動は目を見張るものがある。かいつまんで一月の日記を辿ると

◇十四日　(1)宮崎郁雨に知らせの長文の三八〇〇字の手紙。(2)遊びに来た丸谷喜市に雑誌の件を話す。(3)哀果へ念押しと補足の手紙。

◇十五日　(1)朝日の帰り読売新聞社に寄って哀果と二時間ほど雑誌の打合せ。(2)金のことは自分がやる、発行所も自分の家にすると確認した。

◇十六日　(1)朝日の安藤副編集長に逢い広告の依頼をすると快諾。その上「面白い話だから少しぐらい寄付してもいい」と言われる。(2)一緒に目黒の哀果の家に行き「美

しい妻君」に会う。⑶雑誌の目的は「文学に於ける社会運動といふ性質のものにしようといふ事で意見が一致した。」

◇二十二日　⑴哀果へ『樹木と果実』の朝日の広告文を送った。⑵二人が書くものは義務でなく自由ということを大切にしようという趣旨の手紙を書いた。

◇二十六日　平出（修）君へ『樹木と果実』に関する長文の手紙。二六〇〇文字。

◇二十七日　印刷所三正舎から見積書が来た。

◇二十八日　宮崎郁雨より雑誌の金だしてもいい旨の手紙。

◇二十日　木村爺さんから一円五十銭借り。常連で十銭持ち寄りの茶話会。話題は雑誌の事、「哀果が皆をよく笑わせた。」

といった具合である。

2『樹木と果実』の具体化

哀果に宛てた十四日の手紙では「僕はやるからにはホントにやりたいと思います。ホントの雑誌を出してそしてそれを永続させたいと思ひます。（中略）今夜僕は四百刷つて三百五十売る計画を立てたが、何とかなりそうですよ—金のことも」とあり、また郁雨に宛てた手紙は長文でその計画を微に入り細に亘って述べている。

これによれば啄木は雑誌より新聞を出したいと考えていた。ただ新聞だと保証金一五〇〇円を当局に納めなければならず雑誌だと五十円あれば何とかなると考えて哀果に持ち出した。盛岡で出した『小天地』は三百部を捌いたからその読者を含め、これに新規の読者を低めに見積って百人とすれば四百部売れれば黒字になるという計算である。その概算は

紙代　　　十二円
組代　　　十六円八十銭（一頁三十五銭にて四十八頁）
表紙・製本代　六円
計　　　　三十四円

この他、広告を取るようにする。『小天地』ですら広告九本（一頁分十円、半頁六円）を取っている（実際にどれだけの収入になったのかは不明）東京ではそれより多くの収入が見込めると踏んでいた。哀果には「安心してくれ、きっとうまくゆく！」と自信満々だった。いざというときは郁雨から金銭的支援の約束を取り付けている。

宣伝も怠らなかった。ハガキで百人ほどに直接協力を依頼したり、また新聞や同人誌に『樹木と果実』の広告を掲載した。その内容は左記の通りであるが、原稿は啄木の手になるもので、やはりかつての『小天地』の経験が活かされていて必要な項目はすべてきちんと列記されている。

『樹木と果実』は赤色の表紙に黒き文字を以て題号を印刷する雑誌にして主に土岐哀果、

石川啄木の二人之を編輯す。雑誌は其種類より言へば正に瀟洒たる一文学雑誌なれども、二人の興味は寧ろ所謂文壇の事に関らずして汎く日常社会現象に向ひ澎湃たる国民の内部的活動に注げり、雑誌の立つ処自ら現時の諸文学的流派の外にあらざる可らず。座視の将来に主張する所亦自ら然らむ。二人は自ら文学者を以て任ぜざるの誇り以て此新雑誌を世の文学者及び文学者ならざる人々に提供す。歌の投稿を募る。初号分締切二月十日限り。用紙は半紙判二つ折大とし歌数制限なし。選抜は哀果啄木二人之合議に拠る。編輯所は便宜上東京芝区浜松町一の十五土岐方及び発行所内の二カ所に置き投稿、書籍雑誌の寄贈を受く。／定価一部十八銭郵税二銭△半年分前金税共一円十銭△一年分二円十銭／広告料菊判一頁金十五円半頁金八円

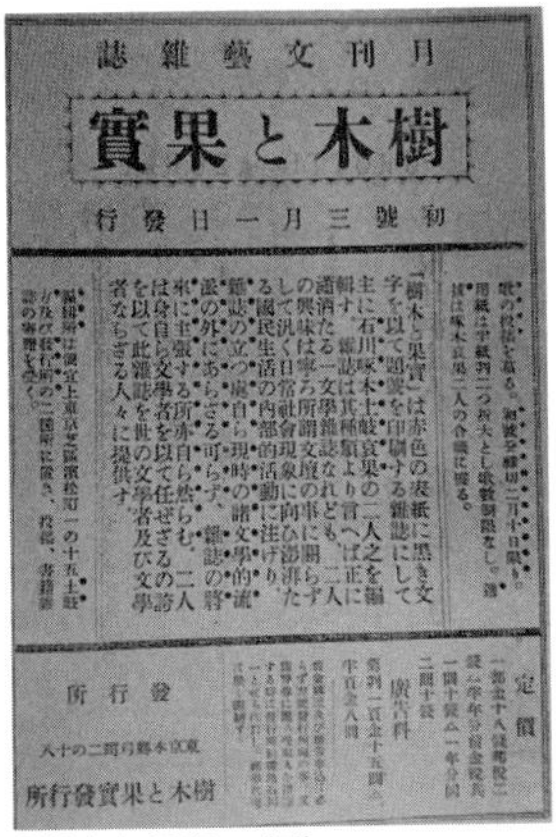

『樹木と果實』広告

前金購読及び広告申し込みは必ず右記発行所宛の事又為替券に予め受取人を指定する時は発行所同番地石川一とせられたし。郵券代用は堅く謝絶す。／発行所東京都本郷区弓町二の十八樹木と果実発行所

3　収支決算

ところで計画していた『樹木と果実』について啄木は事前受付を始めていた。この件に関しては函館市立図書館啄木文庫にある『樹木と果実』の「発送原簿」とその「出納簿」を精査した藤沢全の研究があるので、これに基づいて解説してみたい。(「土岐哀果とその時代」『啄木哀果とその時代』桜楓社　一九八三・昭和五十八年)

先ず、「発送原簿」つまり予約受付の状況について啄木の日記に「午前に丸谷君が発送台帳をこしらへて来てくれた」(一九一一・明治四十四年三月二十七日)とあって晩年の啄木に付き添った丸谷喜市が手伝っていたことが分かっている。丸谷は啄木から自分が死んだ後に「日記」の焼却を依頼するほど信用されていた学生だった。これによれば予約形態は一ヶ月から一年先までに分けられて、また一口から四口分まで多岐に亘って分類されている。人数は三十五人である。啄木や哀果のファンや友人たちは、この程度の人数ではあるまいから、この数字は予想より下回っていたといえよう。しかし啄木や哀果は出版さえ実現すれば自ずから黒字になるだろうと楽観していた。それが一転して挫折を迎えてしまったのである。二人の落胆ぶりはいかばかりであったろうか。

また「出納簿」は二月七日から四月二十七日までの分が記載されており、計四十八円。ただし、この中には宮崎郁雨からの二十円が含まれている。そして支出が宣伝用ハガキと印刷費が三円、印刷所前金として三十円の三十三円である。となると十三円の赤字となるわけで、これらは返済された形跡はなく、このことも啄木や哀果にとっては痛恨の傷となった。

さらにこの予約者の名前を見ると啄木の友人すなわち大島経男、高田紅果、藤田武治、丸谷喜市らの名前は見えるがそれ以外はいわゆる〝無名〟の人々で啄木や哀果の間接的なファンだったと思われる。

ただ意外なことに名簿の中には札幌の橘智恵子の名があったことである。これまでの通説では橘智恵子については啄木の片思いとして語られてきただけに、率先して購読者として申し出ていることは注目に値しよう。なぜなら智恵子は北海道空知の牧場主と結婚したが啄木への手紙では「お嫁には来ましたが心はもとのままの私です」と書き送っていた。またその後の消息でも「啄木がこんなに有名な人だとは知らなかった」と周囲に語っていたという話と考え合わせると、智恵子の啄木への思慕の情は不変だったと言えよう。この『樹木と果実』への協賛はなによりそのことを裏付けている。

七　挫折

1　啄木の入院

ところが、この時期に所謂大逆事件での判決や死刑執行が為されて社会不安が広まる一方、家庭内でも母や節子の容体が悪化し啄木自身にもまた異常が生じ始めている。しかし、二月に入ると状況は一変する。先ず啄木が病院で診てもらったところ「慢性胃炎」それも重症で直ちに入院が必要と宣告された。そして二月四日に入院。七日に手術。この手術のため雑誌の発行は一ヶ月延期にした。三月十五日におよそ一ヶ月半後に退院。それからの動きは以下のようになる。

◇三月十六日　午前哀果が三正舎に原稿を渡したと報告。午後発熱、以後連日発熱、不調が続く。

◇三月二十二日　見舞いに来た哀果へ印刷費三十円を渡す。

◇三月二十七日　丸谷喜市が雑誌の発送台帳を持参。哀果がやってきて三正舎は活字もろくになく組み方がひどいため喧嘩をして作業が遅れていると報告。発行延期を模索。

◇四月七日
哀果が八頁分の初校が出たといって持参したが余りにも雑な仕上がりのため弱気になった哀果が発刊の断念を言い出す。啄木は納得せず話し合いは決裂。

◇四月九日
三正舎が明日中に全部上がると哀果に連絡。哀果はこれ以上遅れるなら引き上げると宣告。

◇四月十二日
初号はほとんど哀果に任せたため不満を口には出さず我慢していたところへ哀果からハガキで印刷は十五日にできるから三百五十部で話をつけたという連絡だった。

◇四月十三日
友人の並木武郎が見かねて自分が明日三正舎にかけあって金と原稿を取り返してくるというので啄木は哀果に任せているからと断る。この段階で啄木が出版を諦めていないことを知って驚く。

◇四月十六日
並木は独断で三正舎へ引き上げの交渉にゆくと主人が泣きついて金も原稿も渡そうとしない。そこで並木はようやく原稿の一部を持ち帰って啄木に報告した。激怒した啄木は契約破棄のハガキを送り、哀果にもその旨通知した。行き違いに哀果がやってきて自分は神経衰弱状態でどうしたらいいか分からなくなったと泣きついた。既に読者から前金も受け取っており依頼原稿もきているので三正舎はあきらめて新たな印刷所に新聞半頁型十二頁として五月一日の発行を啄木が強硬に主張したため哀果はしぶしぶ容認。二人で食事して別れた。

そして四月十七日「朝から痫癪が起つてしやうがない。雑誌をやめてしまはうと思つて夜に丸谷君に来て貰つて話した。理由の第一は雑誌が今やその最初の目的をはなれて全く一個の小さい歌の雑誌にすぎぬことになったといふ事―」と諦めの心情を吐露し、丸谷も「ここまで来て残念だろうが捲土重来を期すしかあるまい」と同意するしかなかった。この頃、啄木は丸谷を一番頼りにしていたから彼の言葉を聞いて雑誌の発行を断念した。

翌十八日、啄木は哀果に「断念」の意志を伝えるべく筆を取った。書き慣れている手紙だが、午前に書き出したものの筆が進まず書き終えたのは午後になっていた。

一昨日は失敬。／僕は先刻君にあてた長い手紙を書き出したが途中で根気がなくなってやめた。しかし、その儘にしては置かれないと思つて今度はこの短かい手紙を書く。／土岐君、雑誌をやめようぢやないか。一昨日、君と別れるまではどうかかうか自分を欺いて来たが、昨日の朝になつて卒然としてそれに堪へられぬ気持になつた。さうして一旦考へて晩に丸谷君に来て貰つて賛成を得た。君がやめると言ひ出した時は不賛成で、今になつて僕から更に同じ事を言ひ出すとは如何にも変だが、実際やめたくなつたのだから仕方がない。僕は矢張君等から評された如くかたまりだつた、しかも少々厄介なかたまりだつた。／不取敢今日はこれだけを君の耳に入れて置く。行く事は出来ないし、詳しい手紙を書きたいんだが、今日は頭がかゆくて駄目だ。

この日の午後、手紙と入れ替わりに哀果が啄木の家にやってきた。啄木の話を聞くと哀果は一瞬怪訝そうな顔をしたが二人は発刊を断念することにした。手紙のなかで啄木が言っている「かたまり」というのは啄木が雑誌に抱いていた「こだわり」だったのであろう。哀果、丸谷、並木といった同志が気づかなかった雑誌に寄せる啄木のマグマにも似た鞏固な意志を示していたように思われてならない。

2 刊行の断念

かくして『樹木と果実』は夢幻となって消え失せたが、その原因はなんと言っても三正舎という印刷所の不誠実さに起因するといって過言ではない。ただ、残念でならないのは哀果と啄木が雑誌の企画編集等についてはほとんど完璧な準備と周到な対応をしていたのに印刷所の選定にはそういう慎重な配慮を欠いていたのは、やはり大きな失策だった。

哀果も啄木も「印刷」に関してはプロとまでは言えなくともセミプロ位の実力はあった筈で

ある。哀果は三正舎を何度か直接訪れているがそこで活字ケースの貧困を見抜けなかった。啄木は田舎の印刷所の実態は盛岡での『小天地』編集で知り抜いていた筈だが、不運なことに啄木は当時既に病人で歩行もままならず直接印刷所に出かける機会を失っていた。もし、一度でも足を運んでいればこの印刷所を選ばなかった可能性は高い。何度か直接、足を運んだ丸谷や並木は活字は素人でその是非は見抜けない。つまり不運の連鎖によって経費の安い印刷所を選んでしまったことで雑誌の命運が決められてしまった。千里の堤防も蟻の一穴から、というがこの雑誌は千里の一歩で躓いたことになる。文学界にとっての損失は計り知れないだけにこの躓きは致命的だった。

哀果に『黄昏に』（一九一二・大正元年　二月）という歌集がある。扉に「この小著の一冊をとつて、友、石川啄木の卓上におく。」という献詞があるがその中に次の歌が収められている。いずれも三行歌である。既に病臥に伏せていた啄木はどのような思いでこの歌手を繙いたのであろうか。その感慨の筆を取る体力はもう啄木には失せていた。

もしこれが成しとげられずば、
死ぬのみといふほどの事を、
企てし心。

夜、はじめて訪ね行きし、
わが友の、二階ずまひの、
　冬の九時かな。

革命を友とかたりつ、
妻と子にみやげを買ひて、
　家にかへりぬ。

Ⅱ章　啄木の死とその後

角材のこの墓は浅草等光寺から遺骨を運んだ函館図書館長岡田健蔵が中心となって宮崎郁雨らの努力によって建てられた。木柱の「啄木石川一々族之墓」の文字は啄木の義父堀合忠操の手によるものである。現在の墓は大正十五年に再建された。

函館立待岬に建てられた啄木最初の墓

一　病床の呻吟

1　啄木の錯乱

雑誌の失敗は啄木にとって深刻な打撃となった。それは単に新しい文芸誌創刊の挫折という精神的打撃に留まらず啄木の肉体的打撃をもたらした。この計画の実現に全力で当たっただけにその反動としてのダメージは確実に啄木の身体を蝕んでいた。しかも啄木だけではない。同居する母カツ、節子夫人も相次いで病床に伏し、辛うじて父一禎と啄木の長女京子の二人は難をのがれていた。

その上、啄木一家はさらなる不幸に見舞われていた。もともとカツと節子は折り合いが悪く、この頃になると二人はそれまでの罵り合いの段階を越えて口も利かないほどに関係は悪化していた。

　解《と》けがたき
　不和《ふわ》のあひだに身《み》を処《しよ》して、
　ひとりかなしく今日《けふ》も怒《いか》れり

猫《ねこ》を飼《か》はば、
その猫《ねこ》がまた争《あらそ》ひの種《たね》となるらむ。
かなしきわが家《いへ》。

この年六月、節子の父堀合忠操が函館にある漁業組合の役員に招かれ一家挙げて盛岡を離れ函館に移住することになった。この話を聞いて節子は一家の函館移住の前に別れを告げたいと啄木に相談した。ところが啄木はこれを認めず一言の元に「駄目だ。帰ってはいかん。」と峻拒した。実は啄木には二年前、節子の妹ふき子が宮崎郁雨と婚約した際に盛岡に行って祝儀に出たいという節子の願いを認めなかったことがあった。その時節子に、憤然として家出同然に、書き置きを残して実家に帰ってしまわれた苦い経験がある。この時、節子は唇を噛みしめて啄木の命令に従った。しかしこれだけでは腹の虫が治まらず啄木は一方的に堀合家と義絶を宣告したのである。

啄木は口先では婦人平等を語り、労働者の権利を主張する〝進歩的文化人〟であったが、家庭では専制君主であり女に一言の文句を言わせない暴君であった。人間の解放を標榜する社会主義者とは無縁の人間であった。啄木に関する研究者の多くが口角泡をとばして啄木の社会主義思想について論じているが私はその輪の中には加わるつもりはない。

心血を注いだ雑誌は挫折を余儀なくされ、家庭では針の蓆に坐らされる毎日。通常の肉体でもこれではおかしくなるだろう。案の定、啄木の肉体は徐々に冒され蝕まれていった。七月に入ると高熱が連日のように続き朝日新聞の出社もままならなくなり布団から抜け出せないまでに悪化していった。

その上、節子が肺病を発して入院には至らなかったものの床に伏してしまい、病気がちな腰の曲がった母カツに家事の負担が重くのしかかった。本郷弓町の家は「喜之床」という床屋の二階にあり台所は一階で毎日の食事や洗濯は階段を上り下りしなければならず、このため母カツも疲労の蓄積のため具合が悪くなって次第に床に伏すようになっていた。父の一禎は家事など全く出来ず、おろおろするばかりで、せいぜいが孫の京子の相手ぐらいしか出来なかった。

また台所事情も悪化の一途を辿り、前借りし続けていた朝日新聞からは累積のため前借りも出来なくなり家賃どころか米一合すら買えなくなっていた。カツ、節子、啄木の薬餌代も欠くようになり、その上「喜之床」の家主からいっときも早く出て行ってくれと通告された。三人の病人が床屋の前をうろつかれて客が寄りつかないとの口上だった。万策尽きた啄木は七月二十七日、郁雨に窮状を訴えた。すると郁雨は即刻電信為替で四十円を送ってきた。病床の節子がふらつく足でようやく久堅町の一軒家を見つけてきた。家賃九円、敷金二ヶ月、門構え、三畳の玄関、八畳、六畳、外に台所、便所、庭付き。「付近に樹木多し。夜は立木の上にまともに月出たり」(「八月七日」)

2　一禎の家出

繰り返すようだが郁雨は何度も啄木の苦境を救ってきた。それも一切の説教や註文なしである。友情というものの本旨を郁雨ほど体現した人間はそうそういるものではない。とりわけ久堅町の一軒家の引っ越しがなかったならば啄木一家は心中するしかなかい状況に追い込まれたといっても過言ではない。しかも不運は啄木一家をさらに襲った。

妹（＊このころ光子は看病のため啄木家に来ていた）は教会にゆき、妻も母も寝てゐた。十時頃土岐君が来て十二時少し前に帰つた。その時父はもうゐなかつた。待つても〳〵帰らなかつた。調べると単衣二枚給二枚の外に帽子、煙草入、光子の金一円五十銭、家計の方の金五十銭だけ不足していた。その外にいくらか持つてゐたかも知れない。

（「九月三日」）

父一禎の家出はこれが初めてではない。啄木が渋民村で代用教員をやっていた時分、一九〇六・明治三十九年十二月二十九日に盛岡の実家で生まれたばかりの長女京子が渋民の下宿にやってくるという三月五日の朝、一禎は忽然と姿を消した。代用教員の月給八円での窮乏生活の足かせにならない為の苦渋の決断だった。一禎の再度の家出は啄木にとって深刻な苦悩をもたらしたことは言うまでもない。

この後の一家の苦境は一瀉千里の如く不幸のどん底に追いやった。先ず母カツが一九一二・明治四十五年三月七日に亡くなった。この前後、啄木は高熱が続き、布団から出られないほど衰弱が進んでいた。よほどの事がない限り筆を休めなかった日記はこの年二月二十日で終わっている。

そうして母の死の模様を伝える妹光子宛の三月二十一日の手紙は自力で書くことが出来なくなっており、この頃、啄木の身辺の世話をしていた丸谷喜市に口述し代筆してもらった手紙が啄木最後の手紙となった。


俺も母の死ぬよほど前から毎日三十九度以上の熱が出るが床に就いて居たために同じ家に居ながらろく〳〵慰めてやる事も出来なかつた。お前の手紙は死ぬ前の晩についた。とてもあれを読んで聞かせても終ひまで聞いて居れる様な容態ではないので節子が大略を話しするとお前から金が来たといふ事だけはわかつたらしかつた、それからその晩何時頃だつたかはよく記憶しないが「みいみい」と二度呼んだ、「みいが居ない」と言ふと、それ切り音がなくなつたけが、この外に母はお前に就いて何も言はなかつた、翌る朝、節子が起きて見た時にはもう手や足が冷たくなつて息はして居たがいくら呼んでも返事がない、そこで俺も床から這ひだして呼んでみたがやつぱり同じ事だ、すぐ医者を迎へたが、その医者の居るうちにすつかり息が切れてしまつた、お前の送つた金は薬代にならずにお香料になつた／葬式は丸谷さんや土岐さんが一切世話をして呉れて九日の午後に行ひ、その晩火葬に附して、翌日浅草松清町の等光寺に納骨した

ささいな事だがこの中で啄木は丸谷喜市について「さん」付けで呼んでいる。これは丸谷が筆記したものだから普段から呼んでいる「君」でないのは不自然だ。そうでなくとも啄木は年上の金田一京助をはじめ野口雨情という年長者でも「君」付けである。それがここでは「さん」としたのは日頃の感謝の気持ちを現したかったからだったのではあるまいか。丸谷に日記の焼却を依頼したのもこの前後のことであり、あるいは自らの死期が近いのを悟って虚心坦懐の境地がそう言わさせたのであろうか。

二　啄木の死

1　牧水の『臨終記』

一九一二・明治四十五年四月十三日、午前三時頃、啄木は突然昏睡状態に陥った。一睡もせ

ず傍らに寄り添っていた節子夫人がいくら呼びかけても返事がない。この年に入って啄木の病状は悪化し、一日たりとも欠かすことのなかった日記は二月二十日で止まり、妹光子に出した手紙は先に述べた如く丸谷喜市に代筆させるほど衰弱していた。昏睡状態に陥る直前の様子を節子夫人が光子に宛てた手紙が残っている。

兄さん十日ばかり前から夜眠られないでくるしんで居ましたがそのばんは自分もグッスリ眠たらしふ御座ひました。三時少し前に節子〳〵起きてくれと申《マヽ》ますから急いで起きてみましたらビツショリ汗になつた、ひどく息ぎれがする之がなほらなければ死ぬと申ましてね、年よりが云ふ二階おちでした。それから少しおちついてから何か云ふ事がと聞きましたら、お前には気の毒だつた、早くお産して丈夫になり京子を育てゝくれと申し、お父様にはすまないけれどもかせいで下さいと申ましてね―若山さんが大塚に居られるので車をやりましたらしぐ来られて室に入られると、君はいつも太つてうらやましいな―と云ふてニッコリ笑ひ、雑誌のお話等して居ました、金田一〳〵と云ふので来て頂きますとやはり色々とあと〳〵のお願ひ等してね―終り迄気がたしかでしたよ

（『兄啄木の思い出』理論社　一九六四年）

この時、節子は八ヶ月の身重だった。また父一禎は前年九月に家出したあと母カツの死の知

らせに返事もなく葬儀にも顔をみせなかったが、節子の知らせで四月上旬に駆けつけていた。啄木の口から聞いた「かせいで」くれ、という言葉を一禎はどういう思いで受けとめたのであろうか。

話を少し戻そう。まんじりともしないで夜が明けた五時前後、節子が近くの車屋に駆け込み若山牧水と金田一京助の所に走ってもらった。金田一はともかくどうして牧水だったかというと当時、啄木は牧水が前田夕暮、北原白秋、富田砕花らと起こした文芸誌『創作』に共鳴してかなりの作品を寄稿していた関係で牧水とつながりがあり、また牧水の下宿が近かったこともしばしば遊びに来て親しく話し合える相手だった。三月下旬、啄木はこれまで書きためていた「歌集ノート」から一頁に四首、三行表記で二百余首の『一握の砂』を編んで牧水に「これを何とか出版して、生活のたしにしたい。米どころか薬代にも困っている」と頼まれた。当時、牧水は東雲堂から『創作』という文芸誌を出していたが事務的なトラブルがあって口利きが出来ないので哀果に東雲堂の西村陽吉社長に掛け合ってもらい稿料二十円を先払いしてもらって啄木に届けた。この時の経過を節子は見ていたから、臨終の席に呼んだのである。

その牧水は啄木の「臨終記」を三本書いている。①「石川啄木君と僕」『秀才文壇』一九一二・大正元年九月号、②「石川啄木君の歌」『創作』一九一四・大正三年、③「石川啄木の臨終」『読売新聞』一九二三・大正十二年である。

以前の拙著（『石川啄木という生き方』）では『秀才文壇』を使ったのでここでは『読売新聞』

の原稿を引用しよう。これら三本とも大きな差はないが、書かれた時期によって微妙に異なっているのは当然のことと言えよう。

駆けつけて見ると、彼は例の如く枯木の枝の様に横はってゐた。午前三時頃から昏睡状態に陥ったので夜の明けるのを待焦がれて使を出したのだが、その頃からどうやら少し落ちついた様ですと細君は語りながら病人の枕もとに顔を寄せて大きな声で「若山さんがいらっしゃいましたよ」と幾度も幾度も呼んだ。すると彼は私の顔を見詰めて、かすかに笑った。「解ってゐるよ」との意味微笑であったのだが、あとで思へばそれが最後の笑いであったのだ。その時、側にいま一人若い人が坐ってゐたが、細君の紹介で金田一京助氏である事を知った。／さうして三四十分もたつと、急に彼に元気が出て来て、物を云ひ得る様になった。勿論きれぐ〳〵の聞き取りにくいものではあったが意識は極めて明瞭で、四つ五つの事に就いて談話を交はした。私から土岐哀果君に頼み、同君から東雲堂に持込んだ彼の歌集の原稿料が昨日届いたといふお礼を何より先に云った。そしてその頃私の出さうとしてゐた雑誌の事に就いてまで話し出した。何しろ昨夜以来初めて言葉を発したといふので細君も非常に喜び、金田一氏もこのぶんなら大丈夫だらうからと、丁度出勤時間も来たので私はこれで失礼すると云って帰って行った。細君も初めて枕許を離れた。／それから幾分もたたなかったらう、彼の容態はまた一変した。話しかけてゐた唇をそのままに次第に瞳があやしくなって来た。私は惶てて細君を呼んだ。細君と、その時まで私が来て以来次ぎの部屋に退いて出て来なかった彼の老父とが出て来た。私は頼まれて危篤の電報を打ちに郵便局まで走って帰って来てもなほその昏睡は続いて居た。細君たちは口うつしに薬を注ぐやら、名を呼ぶやらしてゐたが、私はふとその場に彼の長女の（六歳だったと思ふ）居ないのに気がついてそれを探しに戸外に出た。そして門口で櫻の落花を拾って遊んでゐた彼女を抱いて引き返した時には、老父と細君とが前後から石川君を抱きかかへて、低いながら声をたてて泣いてゐた。老父は私を見ると、かたちを改めて、「もう駄目です。臨終の様です」と云った。そして側に在った置時計を手にとって、「九時半か」と呟く様に云ったがまさしく九時三十分であった。

2　金田一京助の回想

また最初に駆けつけた金田一の当時の回想は牧水とあまり変わらないが、牧水より一足先に駆けつけた時、金田一の顔を見て「たのむ！」とかすれた声を発すると再び昏睡状態に陥ったという。牧水のその時の回想が右の文章に続いている。牧水と金田一はこれが初対面であったが互いに自己紹介するゆとりもなく、ひたすら啄木の容態を見守り続けた。

節子さんが其の時そばへ来て、『早朝、御迷惑を……、昨夜一晩、あなたを呼んでくれと云ってきかないものですから、「今晩はもう遅いからあしたの朝」と宥めると、今朝は又夜中からそういってきかないので……、やっと夜の明けるのを待って……』など小声で話していると、そこへ若山牧水氏が見えた。節子さんが『若山さんがいらっしゃいましたよ』と大きな声で幾度も幾度も呼んだ。初めは依然として昏睡していたが、その内に気が附いたと見えて、何か若山氏へ云おうとする。若山氏が聞き取ろうと半身をせり出して畳へ手をついた。少しにっこりして、『こないだは有難う』と、云ったのは、同氏に『一握の砂』以後の歌稿を頼んで、土岐氏を通じて、東雲堂で出すようになった、その稿料の届いた礼をこの間際に述べたのであった。それから石川君は若山氏の畳に突いた岩乗な手首から肩の方を見上げて、『君は丈夫なからだで羨ましいねえ』など云った時には、私達は顔を見合わせて覚えず悦びの微笑を交わした。その内に、すっかり元気が出て来て、何か若山氏との雑誌の話などをし始めた。私を顧みては、『今日は土曜で学校の日でしたね。どうかいらして下さい』などと、此の際になってもまだ私の欠勤に因る減収を気にしてくれた。剰え若山氏との話の中には、不用意に『癒ったら今度はこうこう』というような将来の計画に関する語気のはいるのを聞いた。『遅くなりませんか、どうぞ学校へ』など云われるにつれ、又、節子さんも『此の分なら大丈夫でしょうからどうぞ』と云うので、『今危篤だから、離れられないのだ』と勘付かせるのも、いけないし、病人の心に随って『では一寸行って来ます』と私が起ったとき、軽く目で会釈をしてくれたのが此の世の凡ての最後のものとなってしまった。

（「晩年の思想的展開」『金田一京助全集』第十三巻　三省堂）

節子夫人の脳裏にはこの二人と同時に土岐哀果にも知らせたいという思いがよぎったに違いない。しかし、哀果は当時は芝区浜松町に住んでおり車夫に頼むには遠すぎた。このため電報で急を伝えた。哀果が駆けつけた時はもう啄木の身体は冷たくなっていた。哀果の述懐である。

もう遺骸は長々と横たへられ、顔には白布がかけてあつた。痩せこけた顔、蒼白な顔、その鼻の穴に、黒く血のかたまりのコビリついてゐたのが今でも眼につく。／その間にも、牧水は、まめ〳〵しく医者のところへゆき、死亡の電報を打ちに郵便局へ走り、警察署へゆき、葬儀社にゆき、買物から自動電話、一切のことを彼自身で処理したと、詳しく臨終記の中に伝へてゐるが、「他にも手も無かつたのだが、結局さうして動いてゐる方が気軽でもあつたのだ。」と、そこに記した心理は、まことに本当であつたらう。

（「死、葬儀、遺骨」『啄木追懐』改造社　一九三二年）

ところで啄木を護る〝三銃士〟のもう一人の男、宮崎郁雨は啄木の死を知ったのは何時だったのかというと実はその正確な時日は、はっきりしていない。というのはこの時期、郁雨は啄木とは義絶状態にあったからなのだ。話せば長くなるので結論だけ言えば節子が郁雨と怪しい関係にあると勘ぐって郁雨との交友を絶ったからである。この件ではどの評伝でも詳細に取り上げているので、できればそれらを参照してほしい。ただどの評伝も啄木の肩をもって節子と郁雨を悪役に仕立てるという誤りを平然と冒しているからあまり薦めたくない。この件については既に前著(『石川啄木という生き方』)で私の見解を述べているのでここでは省略するが、おそらく第一報は「函館日日新聞」で知り、後に節子夫人の手紙で詳細を知ったものと推察される。ここでは郁雨の次の言葉を引用しておくに留めたい。「晩年に至って堀合家と義絶し、やがて私とも袂を別つに至ったことの裏には、肉親またはそれに繋がる近い身内として不幸に喘えぐ節子さんに寄せた私達の愛情に、行過ぎや落度があったに違いないとしても、それの因縁を生み出した彼の自己撞着は、やはり悲しまれなくてはなるまい。」

(「啄木雑記帳」『函館の砂一九六〇年　東峰書院)

葬儀は翌十五日、哀果の実家でもあった浅草の等光寺で行われた。しかし、この葬儀に臨終に一人黙々と立ち働いた肝心の牧水の姿はなかった。「私は疲労と其処で種々の人に出逢ふ苦痛をおもふとのために欠席した」(「前出」)と牧水は書き残している。その真意は定かではないが牧水は啄木の死を一人で静かに見送りたかったのではあるまいか。啄木が亡くなった年に作られた牧水の

地にかへる落葉のごとくねむりたるかなしき床に朝の月さす

（「死か芸術か」『若山牧水歌集』岩波書店　一九三六年）

という歌は啄木とは直接関係のない作品かも知れないが、ここに歌われている世界は一人で啄木を葬《おく》った心境と相通じるものがあるような気がしてならない。それにしても牧水が葬儀に出なかったのは「種々の人に出逢ふ苦痛」を避けたかったという言葉は牧水ならではの心情のあらわれだったのであろう。

三　啄木の葬儀

1　新聞の報道

弱冠二十六歳での啄木の急死という情報は瞬く間に文芸界を駆け抜けた。否、その悲報は文芸界のみならず社会的事件として扱われたと言っていい。新聞が伝えたその訃報（タイトルのみ）を列記すると（基本的に佐藤勝『石川啄木文献書誌集大成』武蔵野書房　一九九九年を参

照　本項に関しては元号を使用）以下の様になる。

◇「石川啄木氏逝く」　『東京朝日新聞』明治四十五年四月十三日
◇「石川啄木氏逝く―薄命なる青年詩人」　『東京朝日新聞』明治四十五年四月十四日
◇「薄命詩人石川啄木―新詩壇の天才夭折」　『東京毎日新聞』明治四十五年四月十四日
◇「詩人石川啄木氏逝く」　『東京日日新聞』明治四十五年四月十四日
◇「詩人石川啄木氏逝く」　『東京読売新聞』明治四十五年四月十四日
◇「石川啄木氏葬儀―文士詩人の会葬」　『東京朝日新聞』明治四十五年四月十六日

ここでは東京を中心とした新聞社を列記したが当時は東京初の記事に基づいて地方紙が配信したから啄木の訃報はこの数日で全国を駆け巡ったはずである。例えば地方新聞では『岩手日報』が東京並に四月十六日に訃報記事を出しているが、同時に石川京子名義で死亡広告を載せており、おそらく哀果が気を利かして電話で送信したものであろう。

葬儀は哀果の尽力で兄の土岐静（月章）の営む浅草等光寺が導師となって執り行われた。三月七日に亡くなった啄木の母カツを葬ったのもこの寺だった。哀果の言葉を聞こう。

葬式は、翌十四《（ママ）》日、僕の生まれた浅草の等光寺で営んだ。儀式はつとめて質素にしたが会葬者は少なくなかった。「私は疲労と其処で種々の人に出逢ふ苦痛をおもふとのために欠席した」と牧水はかいてゐるが、会葬者が誰々であつたかは記録が残つてゐないので、わからない。ただ節子さんの借着の白無垢がいかにも侘しかつたこと〻、遺骸を間に、数台の人力車が本願寺の東門を出るときの情景が、僕の瞳にきざまれてゐるだけだ。(「前出」)

そして葬儀に関してはやはり啄木が勤めていた朝日が最も詳細に取り上げている。一説には社会部の松崎天民の筆によるものと言われているものだ。

社員石川一東雲堂葬儀は昨日午前十時浅草松清町なる等光寺(本願寺中)に於て執行された。途中葬列を廃して未亡人せつ子や佐藤真一、土岐善麿、金田一京助其他お人々棺に付添ひ予め同時に参着柩は狭い本堂に淋しく置かれた、軈て会葬者はボツボツ集る、夏目漱石、森田草平、相馬御風、人見東明、木下杢太郎、北原白秋、山本鼎杯いふ先輩やら親友やらの諸氏が見へる、殿には佐々木信綱博士が来られる、夫に本社員の誰彼を加へて僅かに四五十名が淋しい顔を合せた。人は少いが心からの同情者のみである。程なく導師土岐月章は三名の若い僧侶を具して淋しく続経する。了つて白衣の未亡人は可憐なる愛嬢京子を携へて焼香した。香煙の影に合掌せる母子の姿は多感なる若き詩人の柩と相対して淋しい人生の謎である。四五十名は斉しく泣かされた、続いて一同の焼香に式は終つて柩は大遠忌の賑々しい本願寺を五六の人に護られつゝ町屋の火葬場へ淋しく舁《カツ》がれて行つた。

この参列者の中に夏目漱石の名が見える。実は啄木と漱石は互いに一度も面会したことがない。同じ朝日の社員でありながら会っていないというのは興味深い。尤も漱石は社に出て来ることはほとんどなかったし、またいわゆる〝格〟の違いがあったから同列に扱う事自体に無理があるが、それにしても啄木は東京市長の尾崎行雄にアポなしで会ったりしているのに〝身近〟にいた漱石になぜ会わなかったのだろうか。しかも啄木は漱石を高く評価していたから謎は深まるばかりである。

近刊の小説類も大抵読んだ。夏目漱石、島崎藤村二氏だけ、学殖ある新作家だから注目に値する。アトは皆駄目。夏目氏は驚くべき文才を持つて居る。しかし「偉大」がない。島崎氏も充分望みがある。「破戒」は確かに群を抜いて居る。しかし天才ではない。

(「八十日間の記」『渋民日記』)

大層自信に満ちた一文であるが、このうち森鷗外と島崎藤村には気軽に会いもし、また出版の相談に乗ってもらっているのに何故、漱石と会わなかったのだろうか。しかもその気になれば同じ社員なのだから漱石から断られるはずがない。また会っていれば森田草平など漱石門下生とつながりが生まれ、出版社との新しい関係も構築できて晩年のような苦労はせずに済んだ可能性は高いだろう。しかしその晩年には漱石夫人から薬と若干の見舞金を受け取っただけで終わってしまった。漱石とは軋轢や葛藤などとは無縁だっただけにこの謎は未だに解けない。

2　追悼—啄木

哀果のいた『読売新聞』の葬儀の記事は「朝日」とほぼ同じ内容だが参列者に安藤（鉄腸）正純や松崎天民の名が加えられている。いずれにしても啄木の葬儀に相馬御風、木下杢太郎、佐々木信綱、北原白秋といった当時の文芸界の第一人者が参集したということは、既に啄木という若者が占めていた社会的位置が一定の評価を受けていたことを証明している。

なお、この参列者のなかに人見東明という人物の名が見えているが、人見は野口雨情の親友で、この時期、雨情は啄木より早く上京し人見と一緒に雑誌を作っていた。ということは雨情も啄木の死を知っていたわけだが、参列はしていない。雨情は小樽で啄木と机を並べて「小樽日報」に勤めて一緒に新聞を作っていた。東京に戻ったら雑誌を出そうと約束していた仲であった。

実はこの「小樽日報」時代の二人を調べたことがある。雨情が仲の悪い主筆を啄木と共謀して追い出すといういわゆる隠謀事件はどの啄木評伝でも取り上げられている。ただそれらはことごとく雨情が首謀者で啄木はその手助けをしたということになっている。私が調べなおしたところ、この話は啄木が首謀者で雨情はそのあおりを食って「小樽日報」を追い出されたというのが真相だった。これが原因で雨情は啄木と袂を分かち東京に戻っても二人は会わなかった。人見と雨情は親友同士だから啄木の死を雨情に伝えたはずである。にも関わらず葬儀に出なかったのはやはり小樽時代の苦い思い出があったからなのだろう。私事で恐縮だが、この一件を『「小樽日報」陰謀事件の顛末』という原稿に書き下ろしたが引き出しの中に入れたままになっている。話がだいぶそれてしまった。元に戻ろう。

朝日では四月十六日と十七日に啄木への追悼として松崎天民と与謝野晶子の歌を掲載している。

弔　石川啄木君　　　　　　　　　天民

啄木の君血を吐いて死にませし其の夜の夢に火の燃ゆる見き
大遠忌に賑へる春の真昼日や　静に送る君が御柩
蒼白う痩せ細りたる腕して　筆握りし日の君安かりき
若き妻と幼き子とを世に遺し　天翔りゆくよ新人啄木
新しき歌人一人失ひて　桜花散る日の淋しく暮るゝ

啄木氏を悼む　　　　　　　　与謝野晶子

人来り啄木死ぬと語りけり　遠方びとはまだ知らざらむ
終りまでものゝくさりをつたひゆく　やうにしてはた変遷をとく
しら玉は黒き復路にかくれたり　吾が啄木はあらずこの世に
そのひとつヰオロンの絲妻のため　君が買ひしをねたく思ひし

余計なことだが晶子の歌の「遠方びと」はフランスに留学中の夫鉄幹のことであり、「ヰオロン」は啄木が最初に上京した際に節子に贈ったバイオリンの糸のことである。また晶子は『東京日日新聞』に四月十八日、二十八日、五月一日、三日にも啄木を追懐した句を投稿している。その情熱からは啄木から姉と慕われた晶子の想いが伝わってくる。金がなくて浴衣一枚買えない啄木に晶子は自分の衣装から何枚かを縫い直して啄木に贈っている優しい〝姉〟だったのだ。

四　文芸界の哀悼

1　江南文三『スバル』

もう少し啄木の死を見詰めておきたい。とりわけ文芸界における反響は目を見張るものがあり、当時の啄木が文壇に占めていた位相を推し量ることが出来る。例えば文芸誌関係で啄木の死をめぐっての関連記事を扱った文芸誌を挙げると『スバル』『アララギ』『曠野』『早稲田文学』『文章世界』『秀才文壇』『朱楽』『詩歌』などが追悼、回想、評論等の原稿を扱っている。その一つ『スバル』（第四巻五号　明治四十五年）では江南文三が「消息」欄で次のような追悼文を寄せている。直接、文芸の話ではないが啄木の病状と生活がリアルに描かれている。

> 石川啄木氏が死んだ。死は去年の初、大に腹が出張つて力がついた様な気がすると云つて居た頃、既に顔色は蒼黒く、明星で盛に詩を作つて居た当時の美少年の面影はなく、顔なども骨ばつて、眼は落窪んで、それでも、その前に逢つた時なぞよりは、例の心の中の矛盾を示す様な眼つきの中に、何だかすがやかな色が見えてゐたけれども、それから間も無く病気が悪くなつて大学病院へ入院した。／夜勤になつてからは兎角不規則勝で新聞社か

ら帰るのが十二時すぎ、それからどうしても飯を食はねばならぬ、食つて直ぐ寝る、それが悪かつたんだらうと云つて居た。枕元の病状を書いた板を見ると、その時分はまだ腹膜だけであつたのだが、間も無く肋膜にうつつたが、肺の状態は退院する時まで丈夫な普通の人よりも健全な位であつた。退院したのは氏が一寸病症がどの位であるか聞きたいため、うつかり退院時期を聞いたためであると氏が云つて居た。病院で最初に氏を受持つたのが栗山茂氏の兄有馬医学士であつたが、病室が余り汚いので却つてよくないと思つて、それにその病室には結核患者が同室してゐるので新病室にうつした。随つて受持も退院当時には変つてゐた。有馬医学士は石川一と云ふ人は病床にゐてしよつちう物を書いてゐる、悪いんだけれど、ああ云ふ思想に生きてゐる人にそれをとめるのも気の毒だから、大眼に見てゐると云つて居た。それが「病院より」である。退院後有馬医学士は無報酬で氏を介抱して居た。けれども、その時分からもう一年持ちますか、ひよつとして一時起きられる様な事はあつても、しまひには死ぬんでせうなと云つて居た。何しろ氏一人の病気の体で老父母と夫人と子供を養つて行つて居たので、死ぬまで寝たきりで、その間に種々の計画もあつたが何分そんな体で何も出来ず、とうとう、死んだのはむしろ氏に取つては楽を得た様なものであつたらう。その間東京朝日では月給を払つてゐた。なほ今年一杯は遺族にそれを送る筈である相だ。

また啄木がしばしば寄稿していた『文章世界』（五月号）の「最近文壇」には匿名で次のような短い追悼文が載っている。「詩人石川啄木氏が十三日に逝いた。若い天才は、惜まるべき程、知る限りの人に惜しまれて、十五日浅草某の寺に葬られた。「『一握の砂』の作者は、大方の人の、老いて猶ほ成し遂げざる可き事業を、若くして既に成し遂げた。彼は淋しく生きて淋しく死んだ。所詮淋しいのは近代人の命である。かれは近代人の面影を、尤も多く宿した若い詩人であつた。」これも啄木の身近にあって彼を良く知る人物のものであろう。

『文章世界』は主筆田山花袋、編集前田晁を擁する当時の文芸界を牽引する雑誌であり、正宗白鳥、島崎藤村、国木田独歩等錚々たる論客たちが席を置いていた。引用した部分の文体から一介の編集者が書いたというより、これらのメンバーの一人によって書かれたものと推察される。

2　岩野泡鳴『早稲田文学』

ついで『早稲田文学』（明治四十五年五月号）では「消息欄」に匿名で「詩人石川啄木氏逝く」を掲載している。

いわゆる第二期とされるこの時期の『早稲田文学』には片上天弦、小川未明、秋田雨雀、岩野泡鳴、徳田秋声などが活発な文芸活動を展開していた。この記事も匿名だが内容から見て岩野泡鳴によるものと思われる。啄木が盛岡で出した『小天地』に泡鳴が寄稿しているが、これは文芸界で評判がよくなかった時期に啄木から原稿依頼が来たことを泡鳴は忘れていなかったからである。

詩人石川啄木氏の訃は近頃の文壇に於ける最も痛ましい消息の一つであつた。ともすれば身もたましいも燃ゑ立ちさうになる烈しい思を胸に秘めて、青春の身を永く病床中に横たへて居た詩人の苦しみは、いかばかり深刻なものであつたらう。年少詩人石川啄木の名が世を驚かせた詩集「あこがれ」当時の氏には、煥発せる詩人以外強く深く人の胸をえぐる力はまだ希薄であつたが、その後に於ける長き浮浪の生活は、氏に得がたい力を與へた。最近一二年に於ける啄木氏は単に一個の詩人としてよりも、黙して深く憂ふる人として何となく私達の心を動かすものが多かつた。触れゝば火花を発しさうに熱した氏の頭脳はつひに冷たい死の手に委ねられた。黙して多く歌はなかつた最近の氏の心にこそ、語り得ぬまことの霊魂の高潮あつた。私達は最も厳粛なる意味に於ける詩人の第一人をわが詩壇から奪ひ去られた事を悲しむ者である。

また北原白秋が主宰した『朱楽』（第二巻五号　明治四十五年）には「石川啄木氏がしなれた。私はわけもなく只氏を痛惜する。たゞ黙つて考へやう。赤い一杯の酒が、薄汚い死の手につかまれて、たゞ一息に飲み干されて了つたのだ。氏もまた百年を刹那にちぢめた才人の一人であった。」この文も匿名だがおそらく白秋のものと思われる。同誌の広告に歌集『一握の砂以後』が載っている。この標題は哀果が『悲しき玩具』として出版するが、この段階では白秋はこの動きを知らなかったのであろう。

3　富田砕花の〝弔文〟

いま一つは前田夕暮主宰の『詩歌』（明治四十五年五月号）で同氏が書いた「消息」は「久しく病褥にあつた石川啄木氏は三月母堂逝去以来病勢頓に進み去月十三日午前九時遂に死逝された。歌壇のために深く此一異彩を失つた事を惜むの情に堪へぬ。」と伝え、翌六月号では「常に此痛苦の谷に厳粛なる沈黙の戦闘をつゞけてゐた若い常磐樹は遂に僵《タオ》れざるを得なかつたか。生前一二回しか会つたことのない君であるが、それだけ又哀惜の情が深い。／然しながら君の胎した芸術は永久に君の猶生けるが如く万人を支配するであらう」と指摘している。その予言は正に的中したことになる。また五月号には富田砕花に弔文を書かせている。富田は盛岡中学の後輩で啄木とはしばしば会っており、富田には亡くなる前年の十二月二十八日「お返事をかきたいと思ひましたけれど、何しろ今日此の頃は、（中略）毎日行火に寝てゐて朝から晩まで頭の底を引掻かれてゐる真最中です」が最後の手紙になっている。以下その前半部分だけを引用するが「――中略――」とあるのは編集長の夕暮の「注」である。弔文ならず文字通りの長文のため夕暮が大鉈を振った痕跡である。

一九一二年四月十三日――／この日われら郷党の少年者が唯一の矜持たる啄木石川一氏逝く。／梢に咲き誇つた花も地に帰つて、樹々がやうやく緑をつけ初める頃の、生温るい風の吹く日だつた。去年大学病院の一病室で、烈しく嗅覚を刺激する薬の香のなかに浸つて、氏と語つたのは……数年に亘る交友中その夜ほど余にとつて忘れ難い印象を留めたことは無い。――中略――／極力この国の家族制度の欠陥を呪ひながらも、二十巳に人の夫となり、人の子の父とならざるを得なかつた氏はその老いたる父母を奉じ、家族を守らねばならず、出でては嘱目の事象悉くこれ不平の因たらざるなき（＊以下二文字判読不能）××の現状は、いかに多涙多感な氏の心を傷ましめたであらうか。一方―中略―絶えず現実の矛盾に苦しめられてゐた。軽からぬこれが心身が負へる負担は遂に氏を駆つたこの冷たい床に横はらしめたのである。

そして最後に「氏よ氏が肉体はこの日大地に帰すと雖も、氏が懐持せる思想の一端は余に於いてなほ生く、否、郷党の少年者にして君を慕へる者の胸に於て悉くその然るを信ず。」と結んでいる。

以上は啄木没後一年足らずの間に扱われた追悼文であるが、これらは著名な歌人が主宰した雑誌に掲載されたもののほんの一部を紹介したに過ぎず、これ以降のものは膨大な数に登っている。啄木という人物がいかに広く愛され、いかに多くの人々が哀悼の心を抱いて葬《おく》ったか、その全容は計り知れない。

五　もう一人の朝日の校正係―関清治のこと

1　新たな証言

ところで啄木の葬儀については先に述べたとおりであるが、最近になってこれまでほとんど語られてこなかった興味深い新たな〝証言〟のあることを発見した。委細は後に述べるが、啄木が亡くなった四月十三日に登場する人物は次の六人である。

◇石川節子（夫人）
◇石川京子（長女）
◇石川一禎（実父）
◇若山牧水
◇金田一京助

もう少し具体的に言うと臨終から葬儀までの間に、介在したのはこの六人だけである。このことは節子、牧水、京助、善麿の正確な証言が残っていて疑う余地はない。ただ少し気になるのは啄木逝去の翌日十四日の動向があまり分かっていないことである。啄木研究の第一人者である岩城之徳ですらこのことには全く触れていない。

十三日、牧水は一人で電報、医者、役所、警察を廻り死後の基本的処理を一人でこなしている。京助と善麿はどうしていたかというと、これに関して二人は自らの行動の詳細は語っていない。しかし二人は気配りに関してはぬかりはなかったはずで、牧水が外出して諸用をたしている間、善麿は実家の等光寺での葬儀の準備を、京助は会葬者名簿や電話、電報等の手配を任されたこともほぼ間違いあるまい。しかし、これらの準備を十三、十四の二日間で二人でこなせる訳がない。（ここで「二人」と言ったのは牧水は十四日にはもう姿を現さなかったという私の推定からだ。）しかも十五日の葬儀には会葬者が五十人を越えているのだから準備万端といわなくともしっかり準備が出来ていたことの証しである。

この場合、重要だったのは啄木が朝日新聞の社員だったということである。先ず、誰かが一報を朝日に入れれば情報は瞬時に都内を駆け巡る。連絡を受けた佐藤編集長はてきぱきと葬儀の手伝いを数人の社員に命じたはずである。また善麿は現役の記者だから社に取って返して訃報記事の手配をする。問題はむしろ葬儀の当事者節子夫人と京子である。極貧といえども喪服や食事等身の回りの調度など一人では無理で、どうしても細々した諸事万端を仕切る助っ人が要る。葬儀というのはこういう内輪の雑用が大事なのである。言い換えれば十四日は単なる空白の一日ではなく葬儀を無事終えるための重要な準備の日ということなのだ。それゆえ啄木が臨終を迎えた十三日の九時三十分以降には少なくともその午後には朝日からの手伝いが何人かやってきていたのではあるまいか。

哀果は岩城之徳の対談で臨終の話に触れて「ぼくは臨終にはまにあわなかった。節子さんと老父一禎翁と牧水と……」(「啄木の生前死後」『短歌』角川書店　一九六七年十月号　岩城之徳編『石川啄木必携』学燈社　一九六七年に再録)と語っている場面があり、ここで哀果は何かを言い足そうとしているところを岩城が遮って次の話題に進んでしまっている。思い出すとすればこの場合は当然金田一だが、それ以外に誰か思い当たる節があった可能性は残る。

また実際に牧水の回想によれば最も早く書かれた「石川啄木君と僕」(『秀才文壇』大正元年九月号)には「さびしいのはその夜の通夜であつた。午後から来てゐた二三人のひとも帰つて行つて十時頃には線香の煙つてゐる部屋には老父と夫人と僕の三人きりになつた。」とあり、また十二年後に書かれた「石川啄木の臨終」(『読売新聞』大正十二年四月三日付)では「その夜の十時頃までは二三の人も来てゐたが、それからはまた午前の通り老父と細君と子供と私との四人きりになつてしまつた。」とあって、やはり手伝いは来ていたのである。そしてこの「二三人」は朝日からの助っ人であることは間違いあるまい。また近所の人間ということは先ず考えられない。啄木一家は肺病人間ということで「喜之床」を追い出されるようにして現在の久堅町の借家に移ってきて間もないから近所の知り合いもなくそこから誰かが手伝いにきていたということも考えられない。

ところがその場にある人物が一人手伝いに駆けつけていたことを示す文章が存在していたのである。それは清水卯之助という人物で冷水茂太が主宰した哀果研究誌『周辺』に掲載された一文に、啄木の通夜にいた知られざる一人の人物の存在が明らかにされている。このことを伝える話はこれまでの啄木に関するどの文献にも紹介、引用されることなく今日に至っているから清水卯之助の証言は貴重なものと言わなければならない。

それは「『時の敗者』関清瀾と啄木」(「土岐善麿追悼特集」『周辺』一九八〇・昭和五十五年終刊号)と題された論考である。清水は啄木研究者の一人でこれに関するいくつかの著書を持っているが、東京銀座の旧朝日新聞社跡地に「石川啄木歌碑」の建立に尽力した一人でもある。

この論考の中で清水は啄木の通夜には朝日新聞のしかも校正係記者だった関清治について触れている。

石川啄木の逝った明治四十五年四月十三日の通夜に、暁け方まで柩に侍したのは啄木の父一禎と、節子京子のほかは死者の諸事万端を世話した若山牧水だけというのが通説になっている。それは没後まもなく牧水が「秀才歌壇」に発表した『石川啄木君と僕』やその後の回想記によっているが、疲れ切った牧水の眼には、もう一人朝日の啄木同僚関清瀾《せいらん》（本名清治）が残っていたことを、黒子《くろこ》の存在のように忘れている。

そして関清治が朝日新聞に哀悼記「噫石川啄木君」を書いていることに言及しているのだ。この記事の検索では少し時間が掛かったが何とか見つけ出す事が出来た。これはこの後、全文を紹介しよう。

ところで、啄木が朝日の校正係だったことはあまりにも有名だ。そしてその校正係に啄木より少し遅れて入ってきたのが関清治である。当時、朝日の校正係には啄木を含めて五人が交代制で勤務していた。啄木が校正係に入ったのは編集長の佐藤真一（北江）の同郷のコネを使っての採用だったが、関清治には同社に縁故関係がなく、また経歴も定かでないため入社の経緯の詳細は分からないが当時の朝日の陣容は一流の論筆家揃いだったから生半可な知識では入社出来なかった筈であり、その上、身体的なハンディを持っていたから相当の実力を持っていての採用だったことは確かであったろう。

関清治（清瀾）

関清治（清瀾《せいらん》）は一九〇九・明治四十二年十一月一日付で採用されている。正確には啄木より八ヶ月後の採用だからほぼ同期といってよい。生年は一八八五・明治十八年八月十五日というから啄木より半年年長ということになる。この時期はまだ啄木は健在で朝日歌壇の選者や『二葉亭四迷全集』の編集などばりばり仕事をしていて病欠などしなかったから、その補充ではなく退職者後の正式採用だったようだ。

入社後暫くして関は辛亥革命前夜についてまとめた『清国革命戦実記』（一九一一・明治四十四年十一月　文栄閣）を上梓している。これには上司に当たる朝日の社会部長美土路昌一が「学契関君は吾人と同憂の士なり、近者筆を阿して一書を編む」と序文を寄せている。朝日の校正係は二人の優秀な人材を抱えていたわけである。この書を関が啄木に献呈しなかったはずはないと思うが啄木は一言も言及していない。また、当時大逆事件等の影響で「革命」という言葉は禁句になりつつあったから関のこの著書は標題自体が勇気ある決断でというべきであった。

2　通夜にいた関清治

関の原稿「噫石川啄木君」は四月二十日の朝日に「関清瀾」の名で掲載されている。

私の親友の石川啄木君は既う《（ママ）》死の隠れ場へ行つて了つた。藻掻いても悶へても二度と此世では逢ふ事が出来なくなつた。彼の悲惨な死と淋しい私の生とは暗い〳〵闇に隔てられて了つた。私は恁《コ》う云ふに堪へられない感情に泣いたのは、恰度彼が瞑目してから十時間を経過した後だつた。／鴎外先生が当代の歌人中罕《〈マレ〉》に見るの秀才であると賞められたことのある石川啄木君を眼の前に見たのは恰も四十二年の私が朝日に入社した其日からだつた。此時から彼は不治の肺患に悩まされて居たと見え、既に蒼白い痩せた顔をして眼が無性に引込んでゐた。其顔の表面には何処となくセンチメンタルな気分が浮動してゐた。／彼は始めて知友になつた私に対して得意の詩歌の話をした。そして其が高潮に達して来た時、ちよい〳〵社会主義の話などを挿んだ。不完全な不統一な現代に対する自己の不平などをも付け加へて吐露した。彼の黒い眉は話の度にぴくり〳〵と動いた。／此男を極端な程官能鋭敏な多感詩人であると私は思つた。そして只一回で不思議にも此男に引き付けられ、私は到頭啄木君とは離るゝ事の出来ない親友の一人となつた。少くとも私だけはさう信じてゐる。彼は何う思つて居たか其れは分らないが―／其啄木君が四年足らずに私とは永久の死別をして了つた。人の最も嫌がる難病で枯るゝが如く死んで了つた彼は若い歳をして殪《タオ》れた儚《ハカナ》い最後であつたゞけに、其れだけ私は人一倍悲しく哀れに思つた。そして此哀れな淋しい思ひを臨終の彼の心臓にすこしも吹き込んで這らなかつた一事だけは一番私は残念で堪らなかつた。せめてお通夜でもして、軈《ヤガ》ては火の中に滅亡して了ふ彼の冷たい死体を撫で、私の掌の曖昧を知らせてやりたい―私は恁《コ》う思つて彼の死んだ其夜、厳父と夫人と頑是ない彼の遺児《わすれがたみ》と一緒に淋しいお通夜をした。／此淋しい一夜を護つた燈火の色と線香の香とは石のやうに堅くなつた彼の頭よりも一層私の眼を刺激した。噫、私は暁方まで泣きたくも泣れ（ママ）なかつた。

正直なところ決して名文とは言えないかも知れないが率直な哀しみの真情は伝わってくる。しかし、この原稿にはいくつかの疑念がある。先ず牧水が回想記で通夜の席には老父、節子、京子だけだったと証言していて、あとは「二三人」がいたが夜になって帰って行ったと述べているのだから関の勘違いか記憶違いなのだろうか。しかし、この関の原稿は啄木が亡くなって数日後に書かれたものだから勘違いや記憶違いではあるまい。関が啄木の亡骸と対面したのは「十時間後」と述べているから十三日の二十一時前後である。それから明け方まで一睡もせず遺族と共に過ごしたということになる。

この頃には牧水、金田一、哀果は引き上げていたから遺族の節子夫人等が関に気づかない筈がない。考えられるのは朝日から派遣された「二三人」を遺族が単なる手伝いと思い込み、きちんと挨拶を交わす機会がなかったためにその存在に気づかなかったということだ。

また、今ひとつ考えられることは関が義足だったことである。当時の義足は機能的に重く、取り外しも厄介だった。函館の宮崎郁雨から支援を受けて引っ越した小石川久堅町の一軒家は畳の部屋が多く、義足の関が立ち入れるのは玄関先か縁側だけだった。このため関は遺族と直接顔を合わせる機会を失った可能性がある。当時、関は飯田橋付近に下宿しており、市電の無くなった深夜に杖をつきながら一人でひっそりと帰宅したのであろう。その時の心境を思うと関の万感の思いが込められた追悼文と受け止めるべきであろう。

この文章のなかで関は啄木の「親友」と名乗っている。「私だけはそう信じてゐる」と念をおしているが実際はどうだったのだろうか。啄木の「日記」には関の名が二度出て来る。一度目は一九一一（明治四十四）年二月に啄木が東大附属病院に入院して半月後のこと「午後来訪者、せつ子、関清治。関と話をするほど不愉快なことがない。帰つてくれといはうと思つたが、折角見舞に来てくれたんだと思つて我慢してゐた。その代り生返事ばかりしてやつた。」（「二月十八日」）とあり、二度目は四月二十一日「社の関の奴が来た。今日も一つやつつけてやつた。」とあり、この文面から察すると関が啄木の信頼を得ていたとは到底思えない。

また朝日の編集長佐藤真一に宛てた書簡（明治四十四年十一月一日付）では「先日関君が久しぶりに血色のよい顔をして来て、池辺さんのやめられたことを知らしてくれました。」とあって当時の主筆池辺三山の消息を啄木に伝えていた。この中で啄木が関について「久しぶりに血色のよい」云々と言っているのは、たいていいつも不機嫌で顔色が悪い関の別の印象を述べたのであろう。

3　不仲だった二人

朝日にはこの頃佐藤編集長のもとに安藤正純という編集次長がいた。安藤はこの後、衆議院議員になり国務大臣、文部大臣として政界で活躍したが、先に触れたように安藤は土岐善麿の従兄で哀果が出した『NAKIWARAI』を啄木に渡して書評を書かせる役割を果たした人物でもある。その安藤が関について述べた貴重な文章がある。当時の朝日には夏目漱石をはじめとして中野正剛（東方会総裁）鈴木文治（友愛会総裁）杉村楚人冠（時事評論家）、長谷川如是閑（文芸評論家）など政界や文学界をリードする人材を控えており、安藤正純はその筆頭格の一人だった。その安藤が啄木と関について述べた文章が「啄木の想ひ出」（『文藝春秋』一九三四・昭和九年五月号）である。先ず、安藤の啄木観である。

啄木はいまや郷里に立派な墓碑を建てられ、全集も刊行されて不世出の天才を讃へられ何時か巨人になつてしまつたが、私にはどう考へても世にいふ石川啄木の天才的苛烈な姿を想像することが出来ない。弱々しい可憐な校正係の少年石川一の姿しか浮んでこないのだ。後世になると、万人が寄つてたかつて巨人よ天才よと偉大な存在にまつり上げてしまふが、『生ける啄木』は決して偉人にも天才にも見えなかつたのである。朝日歌壇の選をして月々に貰ふ八円の謝礼にも飛びたつ思ひをして喜んだ生活的弱者でしかなかつたのである。

安藤らしい率直な感想であるが当時にあってはこれが一般的な啄木観だった。後に述べるが今日に至る啄木観が広まるのは土岐哀果が編んだ初の『啄木全集　全三巻』（新潮社　大正九年）が出て、これがベストセラーになってからのことである。

安藤の関清治についての記述をさらに続けよう。

啄木のゐた校正係にもう一人私の注意をひいた男がゐた。関清治といひ、当時の記者気質から清瀾と号し、義足で杖を突いてゐた。清瀾は義足であつたのみならず、中学時代に大火傷をしたとかで台湾坊主のやうなツルツルの頭にかつらをかぶつてゐた。それを知らなかつた新米の記者が清瀾と旅行した時、深夜ふと目を覚ましてみると傍に見たこともない丸坊主が鼾声をあげて熟睡し、横に片足が放りだされてあつたので悲鳴をあげたと云ふ怪談があつた。啄木も小男であつたが、清瀾も余り大きな方でなく。何時も肩を怒らして杖を突いてゐるさまが、恰も世の不正と迫害を力一杯にこらへてゐると云つたやうであつた。この関君と啄木のうまが合はず、仕事の上で清瀾にいぢめられると云ふ噂があつた。私は困つたことだと思つた。関君は屡々私の家に出入りして啄木よりは私に親しかつたのであるが、私には訳もなく啄木の方に理のあるやうに思つた。それは関君の頑直な、片意地とさへ見える性格に比して、少年啄木の可憐な姿がさう感じさせたのかも知れない。知らずと私は近い関君との関係にも拘らず、却つて遠い啄木の庇護的立場に立つやうになつた。間もなく、啄木の短かい苦悶に充ちた生涯は終局となつたので両者の確執も消えてしまつた。

ここで注目されるのは啄木が清瀾にいじめを受けていたという点である。二人ほぼ同い年であり、反逆精神を共有する同胞という印象があるのだが、どうも逆のような気がしてならない。安藤は二人が「最後まで仲が悪かつた」とこの文章で付け加えているが、また「関君は病み衰へた同僚を親しく慰めてゐた」とも述べている。しかし、啄木が関清治に持っていた感情はやはり素直に日記や手紙に反映されているとみていいのだろう。関は一九二四・大正十三年に朝日を辞めているが安藤によれば「不正不義に組みせざる一本気な片意地に災されて社を追はれた。」と述べているがその詳細は語っていない。

なお、清水卯之助によれば関は秋田市保土野本町に父関剛蔵の三男として生まれ、朝日の校正係として入社した後、社内のトラブルに巻き込まれ辞表を出して、その後、出版社に勤めたり雑文を書くなど苦労したらしい。一九二九・昭和四年六月、郷里の「秋田魁新報」の校正係として働いた。六年後、五十二歳で病を得て依願退職、一九四二・昭和十七九月十四日、東京池袋で没した。この間の消息は不明だ。啄木に関して関が遺したのは冒頭の一文だけである。土岐哀果が主催した第一回と第三回忌追悼会の参加者に関の名は見えるが以降の追悼会に関の名はない。

思うに歴史は時としてこうした盲点を往々にして遺すことがある。啄木については数多の語り部がついていてそれぞれ貴重な所感や挿話を語ってくれているが、関清治のように同じ職場と同じ所轄にありながら実在した現実を清水卯之助が言及してくれなければ誰も気付かずにいたことだろう。

土岐哀果が読売新聞を辞めて朝日に学芸部長として迎えられたときも関は校正係として働いていた。しかし、土岐哀果は関に触れた文章は遺していない。

六　土岐哀果の奔走

1　節子夫人

啄木の葬儀が済んで遺された節子夫人が直面したのはこれからどうしていくかという切実な問題だった。五歳になった長女京子、そして節子のお腹には八ヶ月になるこどもが宿っていた。こうした場合、最も頼りになるのが身内の実家ということになるが、厄介なことにこの時期、啄木は一方的に実家の堀合家と宮崎郁雨に義絶を通告しており、関係は完全に途絶状態になっていた。その経緯については既に前著で述べている（『石川啄木という生き方』）し、ここで改めて語ると紙数が尽きてしまうのでここでは精神的、経済的に追い詰められた啄木が取った乱心と暴挙とだけ言っておこう。

その上、啄木は亡くなる前夜、節子に「函館だけには絶対に行くな」と厳命している。啄木亡き後、この厳命は遺言となったから節子にとってはこれに逆らえない。やむなく辛うじて縁のあった教会関係の伝手を頼って房州北条で次女房江を出産した。しかし、身寄りの無い土地で女手一つで二人の女児の養育は並大抵のものではない。万策尽きて節子は函館行きを決断する。文字通り苦渋の決断だった。生前に節子に「いろいろ苦労をかけたから自分が死んだらしっかり生きてくれ」と一言声をかけていれば節子は余計な心配や苦労はしないで済んだのだ。

話を少し前にもどそう。啄木の葬儀を終えいつもの読売新聞記者の生活に戻った土岐哀果のもとへ一通の手紙が届いた。差出人は節子である。

拝啓

この度は一かたならぬお世話をいたゞき、おかげを以て万事取りかたづけ候事何とももありがたく厚くお礼申上候／さて何とも申上かね候へども、少し御相談も致し、お願ひも致さねばならぬ事御座候間、おひまもおはさず候べけれど、御用おくりあはせられ、御都合のよき時一寸御こし下され度願ひ上候　早々

（明治四十三年四月十七日）

葬儀が十五日だったからその二日後である。葬儀後の節子の家には来客や来信は全くなく、義父一禎と長女京子の三人が肩を寄せ合って過ごしていた。節子には幾つもの難題を抱えていた。迫り来る出産のこと、家賃十八円の借家を一日も早く出ること、夫が遺した日記や書簡、原稿等遺品の整理などである。節子一人では解決出来ないことだらけだったから、これらのことを哀果に相談したかったのだ。しかし、まだヒラの身だった哀果はその時間をとることができなかった。この十日後、節子が哀果に出した手紙は次のようなものだった。

其の後の事につきぜひいちく〵御耳に入れ度と思ひ居り候へど、御存じの通り人手なく、それに父は二十二日室蘭に出立致し候、なんだか筆とる気にもなれず、遂失礼致し居り候、本月一ぱいにて思ひ出多きこの家を去り、房州北条に転地致し度と今取りかたづけ中にて候、お話し下されし、故人の書きちらしたるもの、一度ご覧に入れ度、おひまもおはさず候べけれど、明日にも一寸お越し下さるわけには参らず候や、くわしき事は御目もじの上に申上べく候

この手紙を読んだ哀果は取るものも取り敢えず節子を訪れた。すると哀果の眼に打ちひしがれた節子の姿があった。訳を尋ねると借家を出なければならないので荷物を整理していたこの

日の午前にまとめた荷の一つが十分ほど留守をした間に盗まれたという。荷は二つあり、もう一つは無事だったが盗まれた方には遺族が使う衣類だった。残りの一つは啄木の遺品で原稿、書籍、日記類だった。泥棒が持ち去ったのが衣類の方で節子にとっては大きな打撃だったが、口には出さなかったが哀果は安堵した。

2　遺品の整理

実は葬儀を終えた後、金田一と哀果は節子夫人と話し合って遺品の原稿や書籍は哀果が、書籍は金田一が預かることにし、日記は丸谷喜市に渡すことにしていた。日記については生前から啄木が金田一と丸谷喜市に「焼却」するよう依頼していたが晩年に金田一と疎遠になっていたので丸谷喜市が処分する手はずになっていたのである。ところが丸谷は通夜から葬儀にかけて姿をみせてかいがいしく働いていたが葬儀が終わると姿が見えなくなっていたので節子夫人が一時預かるということになっていた。幸いなことにこの遺品の入った行李は無事だったので、哀果は遺品をきちんと保管するために自分に任された書籍と原稿類を預かって帰宅することにしたのである。

啄木は亡くなる直前、若山牧水に「これをなんとか出版してくれないか」と言って自分で編んだ一ページに几帳面に自身の手で書いた四首の歌を綴った一帳の歌集を渡した。その標題は「一握の砂以後、四十三年十一月末より」となっていた。これを受け取った牧水は当時、東雲堂という新興の出版社だったが、社長の西村陽吉と折り合いが良くなかったために牧水は土岐哀果から東雲堂に交渉してくれるように頼んだ。哀果はさっそく西村に会い交渉して訳を話し印税二十円を前渡しにしてもらった。そして標題を『悲しき玩具』に変えた。この決断は哀果ならではのものであった。元の無味乾燥な標題では見向きもされなかったかも知れない。さすがに哀果のセンスが効いて発売後は評判が高かった。しかし、この歌集が世に出たのは啄木が亡くなった後、即ち六月二十日のことである。

話は少し戻るが、啄木亡き後、節子夫人は身寄りとていない房州北条に行き、そこで養生方々、出産し次女房江を生んで育てることにした。函館に行く決心をした時の苦渋の心境を節子は哀果宛の手紙で次のように書いている。

之は私の本意ではありませんけれど、どうも仕方がありません。夫に対してはすまないけれども、どうしても帰らなければ親子三人うゑ死ぬより外ないのです。こゞに居りますと下宿料は京子と二人で十六円、牛乳代、薬価卵代等で十円、それに小遣を入れると、どうしても三十円では足りません。この身体で自炊も内職も出来ず、それかと云うて三十円なんてそろうた金を、月々親の処からもらふ事等はなほ出来ません。かう云ふわけですから、私はほんとうに当分のつもりで行つて来ます。病気と貧乏ほどつらいものはありません。

（七月七日付　哀果宛）

哀果が

卓上の、友の遺稿のひとかさね、
いまだ調べず、—
　いそがしき、わが日ごとかな
（『不平なく』一九一三・大正二年）

という歌は社会部記者として多忙な毎日を送らざるを得ないながら、いっときも早く、啄木の作品を世に出したいというあせりが生んだ作品である。遺族の苦境を救うために哀果は啄木の原稿を出版して一円でも多くの印税を渡したいと奔走していたのである。

Ⅲ　哀果の個人誌『生活と芸術』

啄木亡き後、哀果はその遺志をついで念願の文芸誌『生活と芸術』を単独で発行した。当時、哀果は読売新聞の社会部記者だったが編集はすべて哀果が行った。投稿は自由にしたが原稿料なしという方針は評判を呼び多くの読者を獲得した。

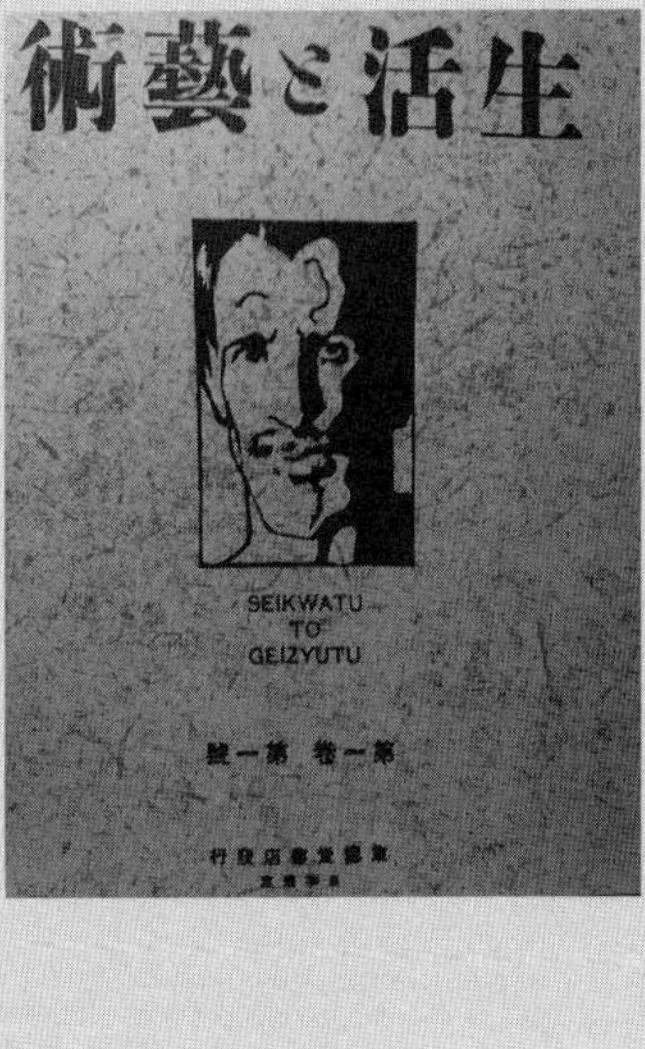

『生活と芸術』創刊号

一『樹木と果実』以後

1 歌集『黄昏に』

先に述べたように啄木と哀果が全力を傾けて取り組んだ文芸誌『樹木と果実』は印刷所の選択を誤ったために敢えなく挫折してしまった。この間はわずか一年三ヶ月という短い期間だったが、このために哀果はノイローゼにかかり、啄木の病状は一気に悪化の一途をたどり、母カツの症状も予断を許さなくなっていた。Ⅱ章でも少し引用したが、啄木の書いた一九一二・明治四十五年二月二十日、最後の日記には次のような悲惨な状況が綴られている。

日記をつけなかつた事十二日に及んだ。その間私は毎日毎日熱のために苦しめられてゐた。三十九度まで上つた事さへあつた。さうして薬をのむと汗が出るために、からだはひどく疲れてしまつて、立つて歩くと膝がフラ〳〵する。／さうしてる間にも金はドン〳〵なくなつた。母の薬代や私の薬代が一日約四十銭弱の割合でかゝつた。質屋から出して仕立直さした袷と下着とは、たつた一晩家においただけでまた質屋へやられた。その金も尽きて妻の帯も同じ運命に逢つた。医者は薬価の月末払を承諾してくれなかつた。

これが啄木の絶筆である。このような絶望的な生活の二ヶ月後、啄木は亡くなった。ただ、救いとなったのは哀果がこの二月に出した『黄昏に』が啄木の手に直接渡されたことである。扉に「この小著の一冊をとつて、友、石川啄木の卓上におく。」という献辞がある。啄木は哀果からこの出版の話を聞いていたので「何時出るんだい。早く読みたいなあ。楽しみにしてるよ。」もう床に臥している啄木に出たばかりの『黄昏に』を手渡すと哀果の手を握りながら「よかった、よかった。そのうち、きっと批評を書かせてもらうよ」と言ったがそれは叶わなかった。四月十三日、貧窮のどん底で母の後を追うように旅立って逝ったからである。

(『黄昏に』東雲堂　一九一二・明治四十五年)

その後、節子夫人は長女京子と二人、房州北条に行って房江を出産した。身寄りの一人もいない地でしかも収入はゼロ、この三人の生活の足しにしようと哀果は啄木の未発表の小説「我等の一団と彼」を自分の勤める読売新聞に掲載したり、啄木の遺稿を編んで『啄木遺稿』として出版したりして、その印税を節子夫人に送った。こうした経済的支援ばかりではなく哀果は啄木と二人で取り組んで挫折した『樹木と果実』の無念をなんとか晴らしたいと思案していた。

「もしこれが成しとげられずば、／死ぬのみといふほどの事を、／企てし心。」

という必死の思いで取り組んだ一年三ヶ月の日々。啄木の遺志を継ぐために自分は何を成すべきか。哀果の思いは千々に思い乱れていた。

止むべきかと言はんとて来れば、
友、すでに、止めんと思へり、――
われらは哀し。

その思いは『啄木遺稿』を出して以後、次第に強くなっていった。啄木の悲惨な一生と彼の才気溢れた作品を無にしないためにも『啄木遺稿』一冊だけでは到底満足出来なかった。しかもこの『遺稿』に収めることが出来たのは哀果が節子夫人から委ねられた遺品の一部で、その全部ではなかった。全体にすると一千五百ページを越えるので出版社の意向でやむなく五百ページ（正確には四百五十五ページ）に押さえたのである。出来る事なら啄木の全作品をまとめて世に問いたいという思いを抱き始めたとしても不思議はない。

手始めに哀果は与謝野鉄幹、佐藤真一、北原白秋、金田一京助、西村陽吉等友人たちと計らって追悼会を開くことにした。遺された作品ばかりではなく生前の啄木との交友と思い出を共有するためにもこの企ては哀果にとって重要な役割の一つだったのである。その最初の会合「啄木一周忌追悼茶話会」は啄木没後一年目の一九一三・大正二年四月十三日に開かれた。当時の読売新聞は次のように報じている。署名はないが哀果の手によるものであろう。

詩人啄木の一周忌
浅草等光寺の追悼
石川啄木一周忌追悼会は、既報の通り昨日午後一時より浅草区松清町等光寺に開催されたり。住職土岐月章導師として読経一同焼香の後ち茶話会に移り、啄木未亡人の弟にして現に近衛四連隊に入営中なる堀合赳夫氏遺族として挨拶をなし、次で金田一京助氏は故人の少年時代、与謝野寛氏は新詩社時代、沢田天峰氏は北海道時代、平出修氏はスバル時代、加藤四郎氏は朝日新聞社時代、相馬御風、伊藤左千夫の二氏は故人の芸術について談話をなし、かくて散会したるは六時、来会者六十余名。

2　『生活と芸術』の構想

この記事にあるように哀果は函館に移った節子夫人にも招待状をだしている。あいにく夫人は入院中のため東京の部隊に入営中だった堀合赳夫と連絡を取り代理出席を依頼し、当日は遺族代表として挨拶をさせるなど気配りのある会合だった。当日の出席者は大熊信行、金田一京助、沢田信太郎、相馬御風、関清治、与謝野鉄幹、北原白秋、杉村楚人冠、阿部龍夫、岡邦雄、西村陽吉、平出修、人見東明、生方敏郎、伊藤左千夫、斎藤茂吉など六十一名が参集した。注目されるのはこの席に函館から一高生だった阿部龍夫が参加していることである。函館の岡田健蔵や宮崎郁雨らは都合が悪く阿部が代表としてかけつけた。阿部についてはあまり知られていないが函館の病院に勤務しながら啄木研究に携わり、岡田、宮崎とともに啄木の業績を守るために尽力した人物で、地元でも阿部のこうした地味な活動はあまり知られていない。いわば函館における啄木顕彰に貢献した功労者である。

また関清治の名も見える。既に述べたように関は朝日新聞の校正係で啄木の同僚である。この当時は啄木の日記の存在は知られていなかったから、その中に自分の名が書かれていること、そしてあまり信用されなかったことを知る由もなかった。

また実は哀果はこの集いに『啄木遺稿』を間に合わせるべく駆けずり回っていたが実際の出版は一ヶ月後だった。しかし、この『啄木遺稿』は好評で、私が入手した一九二二・大正十一年版は五版に達しているし、それまでほとんど無名の石川啄木という若い歌人の存在を世に知らしめる初めての書物となった点で高く評価されるべきものである。この出版が第一歩となって、やがて我が国初の『啄木全集』に繋がっていったのであるからこれを編んだ土岐哀果が啄木の知名度貢献に果たした役割は計り知れない。

そして今一つ、哀果が成そうとしていた『樹木と果実』挫折の無念さと後悔を晴らそうとして立ち上げたのが『生活と芸術』という新しい文芸誌の発刊であった。それは啄木と語らって作ろうしたものの複製ではなく哀果個人の独自性をより活かそうとした新しい文芸誌であった。

当時、歌人や詩人たちはそれぞれ自分たちの流派を形成し、そのための基幹となる機関誌を作って活動をしていた。例えば北原白秋は「赤い鳥」や「詩と音楽」など多くの歌誌によって後進を育てたし、前田夕暮は「事前草社」や「白日社」を立ち上げて与謝野鉄幹の新詩社と対決し、若山牧水は「創作」を創刊、歌壇の一翼を担った。窪田空穂は「山比古」を創刊、蒲原有明、小山内薫、水野葉舟らと一派を形成し独自の世界を囲っていた。

こうした動きのなかで哀果が注目したのが大杉栄を中心として発刊されていた『近代思想』という社会思想誌であった。この頃、哀果は読売新聞の社会部記者ではあったが、折をみて詩歌を作り、また記者の肩書きを利用して各界のキーマンと面会取材を続けていた。その点だけでも異色の新聞記者だった。

啄木から当時、クロポトキンやトルストイなどの国禁の書を借りて読むほどの人間だったから記者の肩書きを使った〝国禁〟ならぬ〝国賊〟扱いを受けている人物に会うのはお手の物だった。普段なら危険人物扱いされかねないところだが哀果は逆手を取って所謂〝危険分子〟と堂々と会うことが出来た。そして哀果が最も頻繁に出入りしていたのが『近代思想』社だった。

二　『近代思想』と哀果

1　創刊の動機

『近代思想』は大杉栄、荒畑寒村らによって発行された社会思想雑誌である。時期的には啄木と哀果が『樹木と果実』を出そうとして挫折した直後のことであり、遺された哀果にとっては渡りに舟の心境を抱いたとしても不思議ではない。そのことを裏付ける哀果の証言がある。それは啄木研究の第一人者とされる岩城之徳と土岐哀果の対談だ。

岩城　ところで大正二年九月に先生が東雲堂から創刊された『生活と芸術』は、この『樹木と果実』が前提になっているというのが定説みたいになっていますが……。

土岐　それはもちろん一つの要因といえましょう。けれどもやはりあの雑誌は『近代思想』の影響によるところが多い。大杉栄とか荒畑寒村とか―片山潜はロシアにいたのですが、―そんな友達がだんだんできて、こういう友人達と勝手なことを書ける雑誌が出ればいいな―という考えがあった。そうすれば時代の進展に何らかの寄与ができるし、芸術を生活の面から考えてもゆけるというように考えた。

（「啄木の生前死後」『短歌』一九六六・昭和四十一年十月号）

『近代思想』は大杉栄と荒畑寒村が発案して一九一二・大正元年に創刊された。ただ、注目しておきたいのはこの時期は幸徳秋水らの大逆事件があり、大杉栄、荒畑寒村らは「赤旗事件」で千葉刑務所に服役中だったため連座を免れたという背景を抜きにして語れない。いわば死罪を運良く逃れたということもあって大杉栄も荒畑寒村も生き延びた命を社会運動に賭けようという使命感を持っていたであろう。このことが『近代思想』を生む土壌になったのである。

そうしてみれば啄木と哀果の『樹木と果実』の構想は大杉栄と荒畑寒村より一歩先んじていたということになるわけで、土岐哀果は『近代思想』の発刊について特別な親近感を抱いたに違いない。

創刊号は菊判、三十二頁。創刊号と言えばその方針や規約あるいは綱領を示すのが普通であるが『近代思想』にはこれらを示すものは見られない。ただ、巻頭の頁には毎号《鎖を引きちぎろうとする男》という挿絵（次頁）が飾られている。このデッサンについて荒畑は「手錠をはめられた蓬髪の労働者が両手をのばしているカットは、其の後もつづいて用いられているが、この筆者は幸内純一君という青年である」（解説「刊行者としての思い出」《復刻版『近代思想』》と述べているが、その真意について大杉は「俺はもう俺の鎖を縛ることをやめねばならぬ。俺自ら俺を縛ることをやめねばならぬ。俺らを縛つてゐる鎖を解きやぶらねばならぬ。そして俺は、新しい自己を築きあげて、新しい現実、新しい道理、新しい因果を創造しなければならぬ。」（「鎖工場」『近代思想』一九一三・大正二年　一巻十二号）と解説している。創刊号に述べずに後々に真意を明らかにしたのは最初から当局に目を付けられないような遠謀深慮だったのだろう。

実は『近代思想』は創刊から廃刊になるまで一度も発売禁止を食らっていない。折々には当局の監視や動向を茶化す記事や、かなり危険とも思われる歌や戯曲などが掲載されているのにただの一度も発禁や同人たちがパクられなかったのは不思議というしかないが百戦錬磨の大杉と荒畑の緻密な戦略の成果だったといえよう。

なお、創刊号の目次は以下のとおりである。巻頭の「瓢風」という一節は誰が書いたのか。創刊号の巻頭だから大杉だろうと長い間思われていたが、実は徳永康之助という人物で「平民新聞」の校正係だった。この詩を書いて間もなく病没している。

『近代思想』扉掲載挿絵

さて創刊号の目次は次のようになっている。

愚かなるものよ（詩）	瓢　風
本能と創造（評論）	大杉　栄
本当に騙されてゐる男（対話）	伊庭　幸
新しい戯作者（感想）	山本飼山
大杉と荒畑（人物）	堺　利彦
ラフアルグの認識論（研究）	小原慎三
怠惰者（小説）	荒畑寒村
近代劇論（評論）	荒畑寒村
売文雑話（随筆）	渋　六
発刊事情	大杉　栄
九月の評論（批評）	大杉　栄
九月の小説（批評）	荒畑寒村
消　息	記　者
広告　五本	

2 創刊余話

全三十二頁のうち大杉栄が三本七頁、荒畑寒村が三本十二頁を独占めているから（「渋六」「記者」も二人の手によるものであろう）二人のほぼ完全な個人誌である。創刊号であるにも関わらず編集規定や方針については触れていない。ただ大杉が「発刊事情」を書いて、その内情を率直に伝えている。とは言っても改まった肩肘張ったものではなく、埋め草に近い扱いである。しかし、その経緯についての語り口は軽妙で淡々としているが、この出版に賭ける情熱と使命感はひしひしと伝わってくる。大杉栄の労苦を多として、その全文を紹介しておこう。

一昨年の暮、監獄を放免になる前、斯な事を思つた。例の大逆事件以来世間は定めて物騒に違いない。とても今迄のやうな無茶ばかりもやつてゐれまい。止むを得ずんば文芸雑誌でも出して見やうか。然し出て見たら世間は獄中で思つてゐたよりも案外に物騒であつた。手も足も出やしない。ぐづ〳〵してゐる中に一年と過ぎ、将に二年にもなん〳〵とする。何にかしら社会的に動いてゐねば止まぬ僕の本能は、さう〳〵は黙つてゐられぬ。／七月の始め頃だつたか、荒畑に相談してみると、同感だと云ふ。ぢや九月から始めやうと其場できまる。金は僕がサイカクしやうと云ふので、堺に頼んで何処からか借りて貰ふ事にする。死んだオヤジのお陰で毎年いくらか入る扶助料をアテにして。／八月の始めに百五十円ばかり金は出来た処が世の中は諒闇だ。お葬式が済まん中は仕方があるまいとなつて、九月の創刊が十月に延びる。／九月十日を原稿締切日にきめたのだが、其日になつて小原が正直に送つて来たばかり。小剣は新聞社の方が忙しいからと云つてことわつて来る。安成は音沙汰がない。バーナード・ショウの人と超人を書く筈の堺も十四日になつて未だ手をつけてゐない。／そんな事で柔いものが一つもない。十四日の朝伊庭の寝ごみを襲ふて、やつと十六日の朝までと云ふ約束で、脚本か何かを送つて貰ふ事にきめる。荒畑も新聞社の方が忙い《ママ》ので、兎も角も原稿は送つて来たが、其れ以外には殆ど仕事が出来ない。／事務の方は一切堀保子がやる筈なのだが元来の病身の上に本月の始めから風をひいて弱つてゐる。それで僕が広告取りにまで出掛けにやならぬ。十一日と十二日と二日間、朝から晩まで駆けづり廻つた。それでも此二日で兎も角も印刷代だけは集めて来た。それに実業之世界の野依君が三頁の広告を前金でくれたので、実は大分使ひこんで困つてゐた前の資金に少々埋合せが出来た。／こんな具合で、計画は古いが仕上げは大まごつきにまごついて出来た初号だ。ろくな編輯の出来やうがない（九月十六日）

念の為にいくつか注釈をすると、①「荒畑も新聞社が忙い」というのは荒畑は堺利彦の紹介で「牟婁新報」という新聞社の記者をしていて生活の糧としていた。また②「堀保子」とあるのは堺利彦の義妹のことで当時別の男と婚約していたが、大杉栄は堀保子を犯して強引に同居していた。自由恋愛論者だった大杉栄は何人もの女性と関係を持ったが、なかでも伊藤野枝と神近市子とは関係がこじれて嫉妬した神近市子が大杉を刺し瀕死の重傷を負わせるといういわゆる「日蔭茶屋」事件は世間を驚かせた。③「実業之世界の野依君」とあるのは、「野依修市」のことで政財界に人脈をもち「織田信長の再来」と言われた人物で大杉や荒畑とも接点があって経済的な支援を行っていた。

3　「大杉と荒畑」

また、同号には堺利彦が「大杉と荒畑」という一文を寄せている。少し長いが二人の性格行動に言及している貴重な文章なので全文を紹介しておくことにしよう。

大杉と荒畑とが此の雑誌をやる。二人は自ら此の雑誌の上に於いて自己を語る。又自ら語る以外に於いても二人の人物性行は自然に此の雑誌の上に現はれて来る。然し、それと同時に、傍らから此の二人物を紹介して置くのも、亦決して興味の無い事ではあるまい。／年は大杉が二十八、荒畑が二十六、丁度新しい仕事を始めるのにふさはしい年恰好である、そして二人の性情の差異が、亦丁度組合つて仕事をするに適当した配合を為して居る。／大杉は大胆な、強情な、押の強い男である。軍人の血を受けて軍人の教育を受けかけたと云ふ点から考へて、若し軍人になつて居たら、実に好個の軍人に出来上つて居たであらうと思はれる。／と云つて、彼は決して頑鈍粗野な木強漢では無い。彼れの半面は明敏顚悟である。彼は軍人教育を受けかけた後、外国語学校の仏語科を卒業した。仏語の外に英語も出来る。独、伊、露、西等の諸語もかぢつてゐる。エスペラントといふ新語の通を以て目せられた事もある。彼れの学問は広いとは云はれぬ。或は深いとも云はれぬかも知れぬ。然し彼れの理解は極めて明瞭である。／荒畑は涙もろい、激し易い、詩人肌の男である。横浜の遊郭の間に成長して、小学以上の学校にも行かず、少年の中から歌など作つて、総てに感傷悲哀の調を帯びて居た。それで若し其向に進んで居たら、今の謂ゆる文士のチャキ〳〵に成り済まして居たであらうと思はれる。／然し人間は誰でも中々複雑に出来て居る。彼も何時まで歌ばかり詠じては居なかつた。彼は獄中に於て英語の読書力をも養つた。此頃では露語にまで指を染めて居る。そしてツルゲネフや何かに読みふけると同時に、ヘッケルの著書をも大抵読み尽すといふ様な傾きをも生じた。／二人とも敵に当るの力は甚だ強いが、其の行き方は違つて居る。大杉は其の鉄板の如き度胸の力を以てドシンと打ツつかるが、荒畑は其の利剣の如き感情の切尖を以てズカリと刺し通す。／文に就いて云へば、荒畑は才気縦横、奇抜にして巧緻、殆んど天成の文人である。大杉に至つては、未だ十分に専門文士たるの技倆を示した事は無いが、而も彼れの文は常に直裁簡明、理義透徹、正々堂々の趣きを具へてゐる。そして又、時としては存外軽妙な文字を作る事もある。／弁について云へば、大杉はドモリである。エンゲルスが二十個国の語でドモつたと云ふ話があるが、大杉も亦五六個国の語でドモつて居る。尤も三宅雪嶺さんがあのドモリで演説家になつて居る如く、大杉も亦ドモリながら善く明晰な講話などをやる。荒畑に至つては、其弁は其文と同じく天成である。彼れが其の情の走るに任せて、夢中になつて路傍演説をやる時の如き、殆んど人をしてホレ〴〵せしむるに足るものがある。私は嘗て彼れが火の如き路傍演説を終つた時、傍らなる少女が我を忘れて進み寄り、其の香気紛々たる絹のハンケチを以て、彼れの汗を拭はんとした光景を見た事がある。／大杉は斯くの如く弁に拙であるが、それで居て存外、人との応接に洒落な所がある。此の雑誌の経営に就いても、自分で大分広告などを取つて歩いた。重ねて云ふが、人間は中々複雑なものである。傲岸尊大、人を人とも思はぬ様な大杉が、又思ひの外、愛嬌者になる事がある。彼れが病身なる細君の為に、時として水を汲んだりして居るのを見ると聊か滑稽でもあり又極めてイヂらしくもある。／荒畑にも亦、其の涙もろい悲哀の調の半面に、打つて変つたヒョウキンな趣がある、談話に於いても、文章に於いても、諧謔皮肉百出して、円転滑脱の妙を極める時がある。彼も決して泣いたり怒つたりばかりして居る男ではない。／風采から云へば大杉は白晳長身のハイカラである。洋服などの着付も甚だ気が利いて居る。ネクタイの色の好みなども頗る渋く凝って居る。荒畑はそこになるとカラもう駄目である。其の眼と眉とは頗る婦人の心を牽くに足るものあるに係はらず、何時も大抵薄汚いシホ〳〵したナリをして居る、たまに洋服でも着ると、大分見上げた風采にも成るが、それも猫背でブチこはして了ふ。／二人とも酒は飲まぬ。大杉は煙草を嗜む。荒畑は爪をかぢる。モウ此の位にして置かう。

この洒脱でユーモア溢れる文章を堺利彦が書いたのはつい今し方同志を大逆事件で失った直後のことである。命がけで刊行した同人誌に相応しくないという批判があるかも知れない。しかし、互いに命を賭けて覚悟がすっかりできているからこそ書けた腰の据わった同志への名文というべきではあるまいか。また、この時期は大杉とその周辺をめぐる縺れた男女関係が世間を騒がせ、マスコミが面白おかしく取り上げたためその逆風が彼らを苦しめた。

4　哀果の感慨

しかし、『近代思想』の創刊号を手にした土岐哀果は一読して感動した。それまで哀果は大杉や荒畑とは一度も直接面識はなかったが、この新しい雑誌にはこれまでにない新しい方向性があるように思えたからである。国家権力と対峙する際に気負いや強がり、あるいは過激な煽動といったものがこの『近代思想』にはあまりないように感じられたのである。実際、『近代思想』は当局の厳しい監視に関わらず廃刊になるまでに一度も発禁命令を受けなかった。きわどい場面がないわけではなかったが、この時代に生まれた雑誌の多くは発禁処分をくらい潰されている。

時期ははっきりしないが土岐哀果が『近代思想』に接近したのは、おそらく創刊前後のことであろう。社会部の新聞記者だった哀果は当時世間を騒がせている大杉らに直接会って取材する口実は容易であったし、当局に目をつけられることなく接近できた。そして哀果は彼らの思想と行動に意気投合していったのであろう。啄木が『樹木と果実』の発刊を断念して間もなくの日記に「午後に土岐君が来た。土岐君は日本に人物がない、それが心配だとほんとに心配さうな顔をして言つた。」（「五月一日」）とあるが、哀果は大杉と荒畑に会って、彼らに期待をかけたのではあるまいか。啄木亡き後、哀果には本気で真剣に日本の社会の未来について議論する相手がいなかったから大杉と荒畑との出会いは一種の救いになったに違いない。それにこの二人は哀果とほぼ同世代だったから余計親しみを持てたとも言えよう。そう考えれば哀果が『近代思想』に『樹木と果実』で果たせなかった希望をつなぐ存在に見えたのであろう。

哀果はどちらかというと大杉や荒畑と違っていて運動家タイプではなく理論家肌の人間である。だから逆に大杉や荒畑と共働路線を取ることが出来たといっていい。大杉や荒畑は労働運動を肌で知り、哀果は頭の中で理解するという違いがある。そのことが両者を引き合わせていたとも言える。言い換えれば『近代思想』は哀果にとっては理論的なテキストであり、大杉や荒畑は生きたモデルになっていたともいえよう。

『近代思想』というお手本を目にしながら哀果は啄木と約束した『樹木と果実』の企てを忘れたことはなかった。『近代思想』という雑誌を手にする度に哀果は『樹木と果実』を重ね合わせて思いを馳せるのだった。そして『近代思想』の編集に当たる大杉と荒畑を見ていると自分と啄木が果たそうとして成らなかったことを彷彿と思い起こしてくるのだった。そして啄木が遺した最後の「おい、たのんだぞ。」という言葉を思い起こすのだった。

三　個人誌『生活と芸術』の創刊

1　独特な編集方針

啄木が亡くなった後、哀果は収入の途絶えた節子夫人と長女京子、そしてやがて生まれてくる赤子のためになにかと支援を惜しまなかった。先ず啄木の遺稿「我等の一団と彼」という原稿を読売新聞に掲載するよう働きかけ、また遺稿のうちの三分の一にあたる部分を『啄木遺稿』として出版し、その原稿料を遺族に工面した。しかし、その経済的援助もさることながら哀果にとって啄木の才気溢れる作品を世に広めたいという気持ちが強かったからである。

また、諦めざるを得なかった『樹木と果実』の啄木の無念さを思うとなんとかしてその遺志を引き継いで啄木に報いたいという思いも日に日に強くなっていた。そのひたむきな思いは哀果の次の歌（『雑音の中』）に象徴されている。

『おい、これからも頼むぞ』と言ひて死にし、
この追憶をひそかに怖る。

哀果が啄木と約束した新時代を迎える次代のための新しい文芸誌の発刊を決意したのは何時のことかははっきりしていない。ただ、『啄木遺稿』を出して肩の荷をいったん下ろし、大杉と荒畑を知って、その『近代思想』に触れて、自分なりの雑誌をやってみようという気になったのは『NAKIWARAI』に次ぐ第二の歌集『不平無く』を出した直後の一九一三・大正二年の夏だった。

この時に脳裏をよぎったのは誰かと組んで共同作業としての新雑誌ではなく、哀果自身が単独で出すということだった。哀果は我が儘で思い通りのことを貫き通すというタイプではなかったが、啄木とタッグを組んだ際にも完全な路線や戦略の一致は望めなかった。とりわけ最終段階ではいささかの軋轢を生じて気まずい思いをしたことがしこりになっていた。

哀果は大杉や荒畑の二人が国家権力から監視されながらこれに平然と対峙し、しかも使命感を忘れずに邁進している姿を見て、自分も出来る事をやらなければ啄木にも自分にも面目が立たないという気になっていた。そして自分に出来る事はやはり啄木と約束して成せなかった新しい文芸誌の発行という仕事だと気付いたのだった。

そのうえ問題は簡単ではなかった。先ず哀果自身は現役の新聞記者であり、それも社会部という激務を担っていたから通常の編集業務、即ち企画、原稿依頼、各種の連絡などは勤まらない。第二に広告取りや帳簿整理などの経営業務も自分ではまかない切れない。『近代思想』の場合、編集は大杉と荒畑が中心となってあと数人が臨時の手伝いに駆けつける、経理は大杉と荒畑夫人が任されているが、それでも人手は足りない。発送は全員が狩り出されて大騒ぎになる。

こうした状況を哀果はつぶさに見ているから個人誌を自分一人で手がけることは不可能と考え二の足を踏んでいた。ただ、哀果は意外と楽天家で、どうしても自分で個人誌を出したいというのなら、人手をあてにせず自分でそれなりの苦労は覚悟をしてうまい工夫をひねり出せばいい、と考えた。

雑誌を出すに当たって最も重要なことは企画や編集ではなくて費用の捻出だ。哀果が最初の歌集『NAKIWARAI』を自費出版で出した時は月給の数倍、つまり百余円かかって家族に迷惑をかけたから別の手を考えなければならない。また借金もしたくない。考えた末に広告を出来るだけとることだということに気付いた。記者生活で会社に伝手がある。特に出版界は狙い目だ。広告料で賄えるかどうか試算してみた。『樹木と果実』では広告取りはできなかったが、大杉や荒畑に聞くと『近代思想』では一件一頁十五円として十件とれれば一号分になると教えてくれた。ついでに大杉は「広告取りは大変だぞ、人に頭を下げたことがないから苦痛だよ。」というアドバイスをくれた。

経費はなんとかなりそうだが肝心の編集はどうするか。ここで哀果が考えたのは従来の編集者には考えられないとてつもない発想だった。内容は読者に任せて原稿を自由に投稿して貰う。そしてその内容は歌でも詩でも小説でも、評論でもすべて読者に任せる。ただし掲載の判断は哀果が決定する。そして次の条件も付け加えた。原稿料は一銭も出さない。

さらに驚くのが経理や編集、業務を指定した出版社に委託して哀果本人は原稿編集に専念するというものであった。そしてこれには啄木の遺稿を任せてきた東雲堂の西村陽吉を指名した。西村は文学好きの出版人で当時の歌集はほとんど東雲堂から出ていたし、最初は嫌がったが啄木の作品（『啄木遺稿』『哀しき玩具』等）の売れ行きがよかったため哀果の申し出を喜んで引き受けた。かくして念願だった哀果の個人誌『生活と芸術』発刊の目途が立った。『近代思想』にその一報を大杉が書いている。

土岐哀歌は九月一日から『生活と芸術』と題する月刊雑誌を出す。初号には堺も書いた。寒村も書いた。安成二郎も書いた。僕は次号に何か書く。土岐が読売新聞の編輯局でその編輯をやつてゐると、誰れかそばからのぞいて、何んだまるで『近代思想』の臨時号ぢやないか、とひやかしたさうだ。親類が一つできたやうなものだ。本誌の読者諸君のご愛顧を乞ふ。（『近代思想』一九一三・大正二年九月号）

また勤務先で編集をやっていると分かれば都合悪かろうと思うのだが哀果は意外と心臓が丈夫に出来ているのかも知れない。ただ読売の本社からお咎めや干渉はなかったようだからいいようなもの、少し脇が甘かったことは事実といってよい。『近代思想』に「芸術と実生活とを渾一せしめんとする努力」という一頁広告が載っている。その目次はつぎのようになっている。

当局から睨まれている雑誌から「親類」呼ばわりされて哀果は複雑な心境だったに違いない。

2　創刊号目次

われらの芸術	哀果
新秋の劇壇（評論）	仲木貞一
孤独の自我と評論	長谷川天渓
英国で見たモンナヴンナ	市川又彦
逃避者（小説）	荒畑寒村
朝　鮮（歌）	土岐哀果
漁村小情（歌）	西村陽吉
七月二十三日（歌）	斎藤茂吉
いやしき夢（歌）	安成二郎

箸（歌）　大熊信行
我昔所造（詩）　杉村楚人冠
生活と芸術と建築　黒田鵬心
スクリヤピンの芸術　仲田勝之助
病室より　故石川啄木
小剣が百三十五になつた時　堺利彦
渋六さん　上司小剣
歌（八人）
若き商人の日記　陽　吉
都市居住者の手帳　哀果生
消息（哀果）
　＊頁総数四十、定価十銭、広告三十三件（内東雲堂が七件）

巻頭に哀果が無題で一片の詩を寄せている。強いて言えばこの「詞《ことば》」が『生活と芸術』という雑誌の目的や綱領を示唆した唯一のものと言えるのかも知れない。

まづ、生きざるべからず。
われらは、みな、ひとしく富み、ひとしく幸ひにして、ひとしく生きんことを思ふ。

あるものは、そろばんをはぢくとき、
あるものは、はんどるをにぎるとき、はた、鎌をもつとき、
あるものは、ダイナモの響きの中に立つとき、
あるひは、ペンをとるとき、ペエヂをくるとき。

その労働は、いかなる方面にもあれ、
われらをして、ふかく、
われらの生活、われらの社会につきて、
おのおのしづかにかんがへ、省みしめよ。

しかして、
これを、真実に、自由に、あらはさしめよ。

しかして、これをかりにすべて、われらの芸術をよばしめよ。

—哀—

3「統一のない雑誌」

この巻頭詞は哀果が書くこともあるが投稿常連や外国の古典を源語で掲載するなど号毎に異なっている。ただ、創刊号ということで『生活と芸術』の基本を提示しようとしたのであろう。

この創刊号について荒畑寒村は『近代思想』誌上に次のような感想を寄せている。

土岐哀果の編輯する処、雄々しい意気と抱負をもつて新たに生れた文芸雑誌である。忌憚なく僕をして云はしむれば、或は是は創刊号の故だからかも知れないが、内容を一貫せる統一の無いのが瑕であると思ふ。謂ふ所の統一とは、皆なが皆な、同じやうな事の百曼陀羅を並べるといふのでは無い。錯雑した内容を一貫して、そこに此の雑誌の類型的で無い、特殊なる個性の発現があらねばならぬといふのである。それから又、これは追々そうなる事とは思ふが、哀果主筆の活動を、もう些し誌上に拝見したいものである。(一九一三・大正二年第二巻　第一号)

「統一が無い」ということの指摘は実は哀果がこの雑誌の狙い通りのものであった。大杉や荒畑の場合は何を言うか、何をするかが明白で、その故に当局から監視されていたのだが、哀果はその「統一」という枠を外して当局に目くらましを食らわせる狙いを持っていたように思う。またもう一つの註文、もっと自分を出せということはこの雑誌に十二分に現されているから、哀果はこの感想を聞いて、それみたことかとほくそ笑んだにちがいない。

ところで哀果は『近代思想』の三号から積極的に投稿し、『生活と芸術』を出した後も『近代思想』に投稿を続けた。その主な原稿は以下の通りで「詩」と「感想」が中心だ。内容的に言って『近代思想』の編集方針からすれば突出した主張や表現はみられず大杉や荒畑からすれば物足りなかったに違いないが哀果にしてみれば『近代思想』の一員であることの存在を示す役割を果たしていた。

(1)「廊下にて」(詩)	第一巻三号	一九一二・大正元年十二月号
(2)「You Never Tell」(詩)	第一巻四号	一九一三・大正二年一月号
(3) ユットナア博士」(詩)	第一巻六号	一九一三・大正二年六月号
(4)「旅情」(詩)	第一巻七号	一九一三・大正二年四月号
(5)「蟻」(詩)	第一巻十一号	一九一三・大正二年八月号

（＊大正二年九月土岐哀果『生活と芸術』創刊）

⑹「都会小詩」（詩）　第二巻一号　一九一三・大正二年十月号
⑺「冬の夜の村」（長詩）　第二巻三号　一九一三・大正二年十二月号
⑻「露西亜の一癈兵の詩」（詩）　第二巻四号　一九一四・大正三年一月号
⑼「寝台の上にて」（感想）　第二巻六号　一九一四・大正三年三月号
⑽「五月二十一日」（感想）　第二巻九号　一九一四・大正三年六月号

この逆に哀果は『近代思想』の中心メンバーを積極的に『生活と芸術』に寄稿してもらっている。

◇荒畑寒村「逃避者」（一巻一号）「怠惰の権利」（一巻四号）「獄裡の詩」（一巻五号）「楠山正雄に與へて明答を求む」（二巻六号）「啄木の思想」（二巻九号）「啄木追想会手記」（同）
◇大杉栄「倉の中の男」（一巻二号）「藤椅子の上にて」（一巻九号）
◇堺利彦「新しい男」（一巻三号）「ショウの謂ゆる超人」（一巻四号）「弱がりの心理」（二巻五号）「ピグマリオン（梗概）」（二巻六号）「性慾新論―エドワード・カアペンタア」（二巻十号）「ショウに関する新著二種」（三巻二号）「労働者の死」（三巻三号）「小説『絵日傘の序』」（三巻七号）「来年の芽」（三巻十号）

こうして見てくると『近代思想』と『生活と芸術』は兄弟雑誌の性格をよく示していると言えよう。しかし、こうした編集方針は当然のことながら当局の警戒、監視を招くことになるから、哀果はこの路線を維持しつつ稲毛詛風、島村抱月、島木赤彦、大熊信行、斎藤茂吉、楠山正雄、仲田勝之助、伊庭孝、西村陽吉、矢口達など党派色の薄い人物に声をかけて投稿して貰うなどの配慮を怠らなかった。

4『投稿規定』

哀果は『生活と芸術』を編んでいて時折、啄木と打ち上げた『樹木と果実』の苦しかった時期を思い出すことがあった。

僕は今でも、この雑誌を編輯しながら、よくあの当時のことを思ひうかべる。石川と初めて逢つた晩に、いきなり雑誌の発刊を計画して、いろいろな空想をして、石川はずゐぶん売るつもりでゐた。きつと儲かるきつと儲かると言つてゐたが、それどころか、二人は、ある男のためにひどい目にあつた。その男は今でも街路で逢ふことがあるが、もう僕の顔を忘れてしまつたらしい。

（一九一三・大正二年十二月号「MEMO」）

なかでも哀果が嬉しかったのは啄木の遺稿「病室より」を掲載できたことであろう。この原稿は「あとがき」で「西村陽吉酔夢君の厚意で手に入れることが出来た」と書いている。いまでこそこの原稿は啄木の全集に収められているが、当時は文字通り未発表で誰も目にすることの出来なかった遺稿であった。ただ、一寸意外な気がしたのは筑摩の啄木全集を編んだ岩城之徳がその「解題」でその校訂を哀果のこの原稿に求めず吉田孤羊が編んだ改造社版の『啄木全集』に依拠していることである。プライオリティの原則から言えば哀果の発見が優先されるべきだと思うからだ。

ただ、少し気になったのはこの原稿が巻頭ではなく巻末に近い位置に入れてあることだ。というのはこの原稿がかつて『樹木と果実』という雑誌に取り組んだ啄木の、しかも未発表のものであり、哀果にとっては胸張って公開すべきものだったのではないか。すると哀果のもう少し気の利いたコメントがあってしかるべきだと思うのだが、ちょっと不思議な感じがしてならない。

また、創刊号と言えば編集方針とかその目的等が必ず表記される。ところが『生活と芸術』にはそれらしきものが全く見あたらない。なにしろ「投稿規定」が示されていないのだから読者は戸惑ってしまったことだろう。この創刊号は哀果が個人的に依頼したものばかり集めたものと思われるが、読者から相次いで問い合わせが寄せられたため、第二号に回答を掲載している。それとてもきちんとした体裁をとらず〝編集後記〟にあたる「MEMO」欄にさりげなく次のように触れているだけである。

○「投稿規定」を知らしてくれと言つて来た人がだいぶあつた。別にさうまとまつたものは必要ない。／○しかし、歌の数は当分二十首以下にしておきたい。／○原稿紙などは、ハガキや小さな断片でない限りどんなのを用ゐてもかまはぬ。諸君の生活がめいめい違つてゐるのだから、それを一定することは不条理で不自然であると思ふ。／そして、毎月十日までに届いた分を翌月の雑誌に発表する。

下世話な話だが雑誌の運命を左右するのはなんと言ってもその売れ行きすなわち収入である。創刊号ではご祝儀という名目もあってか東雲堂をのぞいても二十六本の広告があつまった。一本十円だから都合二百六十円の収入ということになる。二千部以上の売上げと考えると経営的には完全な黒字である。そのうえ原稿料をださないから出版の東雲堂も自腹を切る必要も無いという順調な船出になった。そのかわりに潤った分を月一度開く「晩餐会」に寄稿者らを招いて散財することにした。それもそこらの「赤提灯」ではなく普段彼らが行けないような〝高級〟店での〝豪遊〟である。この構想は寄稿者の交友というだけではなく『生活と芸術』の企画や編集にとって有効に機能し、なにより新しい情報獲得に貢献した。『近代思想』でも読者の集いは定期的に開いていたが、赤字累積の雑誌だから乏しい小遣いを持ち寄ったこじんまりとした会合だったが『生活と芸術』では一文なしで堂々と顔をだせるので大杉や荒畑から「どうせ似たメンバーが集まるのだから一緒にやろうじゃないか」と持ち出されて「晩餐会」は意義無く合同主催になった。

この創刊号には荒畑寒村が「逃避者」という小説を寄稿している。話の筋は大逆事件後（本文では「□□事件」としている）に久々に集まった同志二十余人が当局の厳しい監視のなかでこれからの生き方を論じ合い、状況に抗って闘い続けても、結局は「逃避者」としてしか生きる道がないという苦悩に満ちた心境が吐露される作品だ。本文を読んでいくと頻繁に「……」というわゆる伏せ字が出てくるが大筋の内容はどうにか読解できる様になっている。編集後記にあたる「消息」欄には哀果がこの伏せ字は「編集者の独断でやつた」と書いている。当然、執筆者の荒畑寒村は哀果に抗議したのであろうが、この時期の『近代思想』にも『生活と芸術』にもその記事は見当たらないから、当時の状況から二人の暗黙の了解があったものと思われる。それにしても一字一句に警戒心を持たなければならなかった当時の状況は想像するだにおぞましさを覚えると共に、「逃避者」という煙幕に生きる道を模索しようとした同時代の先駆者の生き様には敬服するしかない。

四 『生活と芸術』の廃刊

1 「おい、土岐」

『生活と芸術』はしばらくは順調に発行を続けた。原稿の集まりもよく、売れ行きも伸びていった。心配だった当局からの干渉もなく、呆気ないほどに平穏無事な日々が続いた。ただ、途中で哀果が突然発行を止めようとしたことがある。それは発刊からわずか四ヶ月後のこと「僕は、この新年から、勤めがもつと忙しくなつた。そしてもつと頭を使はなければならなくなつた。それでこの雑誌も、これで休《や》めてしまはうかと思つたのであるが、それもさすがに遺憾なので、僕の体のつゞく迄やつてみることに思ひ返した。」実は哀果が「もつと忙しくなつた」というのは読売新聞の社会部長になったせいかなと思ったのだが、部長になったのはこの翌年である。

これに対して読者からの反応は素早く「読者諸君の中にはそんなことをしてはいけない、まだ半年しかたゝないのではないか、これからだ、といふやうな書信を送られた。わざ〳〵そのことを言ひに遠くから訪れて来てくれた人もある。僕は諸君の衷情を感謝する。やることに思ひ返した以上、うんとやるつもりである。」と翻心して続投を告げたが、当局の干渉ではなく「多忙だから止める」というのは大杉や荒畑からすればとんでもないブルジョア的慢心と写ったのであろう。大杉は『生活と芸術』（一九一四・大正三年五月号）に「藤椅子の上にて」という一文を寄稿して次のように批判した。冒頭から「おい、土岐。」で始まるこの原稿は九頁になる長文で哀果に厳しい鉄槌を加えたものになっている。

無事に学校を出て、無事に勤め人になつて、無事に月給を貰つて、無事に細君を娶つて、無事に子供を産んでゐる中産階級の青年の心理と云ふのが、何事にも君をあはい人間にして了つたのだ。そして『哀しきは職業のある事を、幸福とするいまの心かな』とか、『鼻先につきつけられし拳にも、怒り得ぬ如き世渡りをする』とか云つたやうな、寒村の所謂『哀果の歌には、中産階級の青年の社会の実情に対して目ざめた悲哀といふやうなものが、可なり濃い色に現はれてゐる』頃になつてからも、君のあはさは矢張り到る処につきまとつた。寒村は可なり濃い色にと云つたが、今其の最も濃い色らしい此の二首を見ても、其の裏づけになる実感には、余程のあはさが僕には見える。

大杉のこうした直言に対して哀果はこの号の編集後記にあたる「MEMO」で「僕にとつて近来愉快な文章である。僕はまづいゝ友人をもつてゐることを感謝したい。」と述べ、そして大杉に指摘されるまでもなく「もつと真摯にもつと残酷に自己批評をしてゐる。」と言っている。大杉の自分にたいする「あはさ」批判はむしろ甘いというわけだ。そして「事実今、僕は内外の生活について、二進《ニッチ》も三進《サッチ》もゆかないやうな心もちに陥つてゐる。これからどう動くか。みづから精進するより路はない。」と結んでいる。ここで哀果は「内外の生活について二進も三進もゆかない」状況と言っているのはどういうことを指しているのだろうか。このことについて哀果は具体的に述べていない。

ところで、『生活と芸術』に突然、当局から発刊中止の命令が出されたのは一九一五・大正四年の第二巻二月第六号である。翌七号で哀果は「前号は発売禁止を命ぜられて。秩序を紊乱したといふのである。二月五日の午後八時、東雲堂に有りあはせた五十幾部は、とりあへず没収され、刑事は、その夜編輯者としての僕の家へも来た。」しかし、発禁となったこの号は復刻版には無事収まっているから総てが没収されたわけではないらしい。

発禁の「秩序便覧」に該当したのは巻頭の扉に掲載されたG.B.SHAW（堺利彦訳）の「革命家座右銘」の一節らしい。「黄金律」「教育」「子供を打つ事」「紳士と愛国」四編のうちの最後の銘が引っかかったのである。

近代の紳士は必然に其国の敵なり、彼等は戦争の時と雖も自ら起つて其国を防衛せず。只其国を掠取する自己の権利が外国人の手に移らんことを防止するのみ。斯くの如き戦闘者を愛国者と謂ひ得んべくんば、魚骨を争ふ二匹の犬も亦愛獣者と称し得べし。

この程度の内容で発禁とするには相当無理がある。それより標題の「革命家座右銘」が当局にはカチンと来たのであろう。太平洋戦争末期には東大教授の「昆虫社会」の「社会」がけしからんと言って発禁処分したのは当局脳ミソのレベルが如何なるものだったのかを示している。

肝心なことは、それまで哀果は順調な人生を歩んできた。強いて言えば『樹木と果実』の苦い体験くらいのものだった。ところが官憲から直接踏み込まれて家にまでやってきて家族を巻き込むような体験は一度もない。もっと言えば哀果が悲惨とか無情、辛酸といったような人生の悲哀は哀果自身や家族の身の上に起こった問題ではなく、悉くが想念上や第三者として受け止めた事象ばかりであり、現実感に乏しいものだということを忘れてはなるまい。

2 「革命」と「国禁」

例えばこの頃の哀果の歌には(『黄昏に』より)

いまもなほ青き顔して、
革命を、ひとり説くらむ。
ひさしく逢はず。

革命を友とかたりつ、
妻と子にみやげを買ひて、
　家にかへりぬ。

手の白き労働者こそ哀しけれ。
　国禁の書を、
　涙して読めり。

等というように「革命」とか「国禁」といったような国家権力に対峙する心境を詠んだものが多い。
また、哀果は自分の勤める読売新聞（一九一三・大正二年十一月十四日）に『十一月の感想』として「三十歳まで革命家にならないものは劣弱者であるとバーナード・ショウは言つてゐる。僕の二十代はもう三週間しかない」と書いて周囲を驚かせた。こういう文章を載せた読売新聞もさることながら、いわゆる商業紙としてはかなり危ない橋を渡ったとも言える内容だった。これを詠んだ大杉は「あの男、どんなつもりでこんな事を書いたのやら」（「大久保より」『近代思想』一九一四・大正三年一月号）と驚きとも賞賛ともとれる発言をしているが、哀果のこうした意表を突く行動を大杉はそれなりに評価していたことを示している。ただ、哀果の誕生日は一八八五・明治十八年の六月八日だから、これは哀果風のレトリックかも知れないが計算は合っていない。

いずれにしても理念上であれ観念的ではあっても哀果の心情は労働者の一員という点で踏みとどまっていたということは間違いない。こうした哀果の姿勢は大杉たちにはもの足りなく写っていたことは確かであるが、かと言って大杉たちの陣営に強引に哀果を取り込もうとしたなら、むしろ哀果は身構えて一線を画していた可能性はある。

発禁処分を食らった時の哀果の反応はどうであったか。その一端は哀果が歌にしている。(「万物の世界」『生活と芸術』一九一五・大正四年三月号＊ものの書物によっては哀果の『街上不平』に収録とするものがあるが『万物の世界』が正しい)

玄関を
あくれば、闇のさむざむと
　立てる刑事を悲しみにけり。

わが家に刑事来りて、
しばらくは
事あるらしくなれりけるかも。

おそろし、
しかり、われらの思想より
　さらにおそろしきかれらの無智なれ。

警察から来たが、と言へば、
　われを、今
縛りてもゆくと怖るるか、母。

　この作品をみても、哀果が受けた衝撃の深さは深刻なものだったことが分かる。というのは『近代思想』がそれまでただの一号とも発禁処分をくっていないのに自分の『生活と芸術』が狙われたということは当局から危険分子として完全にマークされたと感じたからである。また、官憲の直接介入と自宅への刑事のガサ入れという経験は哀果にとっては生まれて初めてのことであり、そのショックは計り知れなかった筈である。それこそ、無事に大学を出て、無事に幸せな家庭をもち、言いたいことを自分の雑誌にぶちまけてきた人間が初めて受ける打撃だった。大杉が「藤椅子の上にて」で指摘したようにこういう試練に「あはい人間」が哀果だった。その結果、哀果は真剣に『生活と芸術』の潮時と考えだしたと見て間違いあるまい。

3　廃刊宣言

そして最終的に哀果が『生活と芸術』の廃刊を決意するのは一九一六・大正五年、春のことだった。この直前、四月号にはまだ「投稿規定」が掲載されており、哀果が廃刊宣言を出すのは読者宛に出したのが五月十六日だった。

新緑の快いころとなりました。
さて大正二年九月このかた、小生が編集して東雲堂から発行してまいりました雑誌『生活と芸術』は、今回小生の生活の一変転のため廃刊のことに決意いたし、愈よ発行者とも協定の上、来る六月号を最終とすることにいたしました。就きましては、この際、従来の御厚意御支援に感謝の意を表し、また従来の御交誼御指導の滄ることなきを願うと共に、創刊このかた特に誌上に御執筆くだすった先輩友人の御寄稿を請い、最後の記念といたしたいと存じます。何卒、長短にかかわらず、来る二十二日迄に御恵送にあずかりえますよう切に期望いたします。御多用のこととは存じますが、枉げておききいれ願いたく。先は右失礼ながら手紙にて御挨拶旁御無心まで。
敬具
大正五年五月十六日、生活と芸術社にて
土岐哀果
（冷水茂太「廃刊の事情」『土岐善麿考』青山館　一九八五年）

「廃刊号」は六月一日に出た。体裁、総頁、広告とも従来と変わらず、ただ表紙裏に「哀果」名のペン書き凸版で

せめてわが自由に
なるものを自由にせ
む、自由になるものゝ
三つか二つを。

そして最終頁には活字で

小さなる雑誌
をやむる、ま
ことかかる一
些事にすら悔
なからしめ。

と書いてある。締め切り日まで届いた二十六人の原稿をそのまま三段組に編んでいる。二年と九ヶ月の歳月が流れていた。読売新聞の社会部記者という激職にありながら編集助手の一人も持たず、一人黙々と続けた努力には敬服するしかない。

このたび僕一身の都合によつて廃刊を断行するといふことは、いさゝか無責任のきらひもある、それはまことにすまぬ事であるが、然し、この際、その「無責任」よりも、僕は今僕自身に対する責任を切実なものとせざるをえないのである。／なぜ廃刊するのか、—その事情も理由も、数へれば、単一ではない。そしてそれも今日急にはじまつたことではない。然し、いよいよ廃刊を決心した上において、なぜ廃刊するのかと僕自身に問へば、要するにイヤになつたから、と答へるよりほかはない。この「イヤになつたから」といふ心もちは、もうどうしても動かすことはできない。偶まいかに惜しいといはれ、もつと続けろといはれても、もうこのまゝこの『生活と芸術』の七月号、第三巻十一号を編輯する気にはなれない。／いくらかでも、ヒマがほしいといふ心もち、新聞社に勤めて、其日その日のあわたゞしい断片的な生活の一方にしみぐ\とおちついた連続的な生活がほしいといふ心もち、僕にとつてこれらの欲求が近来一層痛切になつてゐることは事実である。しかし顧みると、世上には、僕よりも、もつと、もつと忙しく、僕よりも、もつと、もつとせかぐ\した生活を送りながら、それでも読書し執筆し思索し悠遊することに故障を感じてゐないやうな人も少なくない。また雑誌を発行してゐるために僕の身辺にまつはりつく煩些な「周囲」といふもの、それがうるさくなつてゐたことも事実である。しかし見わたせば、世上に、こんな小さな雑誌とは比べもつかぬやうな雑誌を編輯してその中心となりつゝ倦まず惰けずに、うまく雑務を処理してゐるやうな人も多い。これらが僕にとつて廃刊の理由であり事情であるといつても、第三者には、それほど迄に感じられぬに違ひない。つまりは僕の意識してゐる力、乃至、僕のはつきりとは意識してゐない力、それらが表面に裏面に、内に外に、いろ〳〵さま〴〵と合さつて、遂に「イヤになつた」いふところ迄おし進めたのだといふほかはないのである。そして、この決心をいよ〳〵事実とするにあたつて、外套をかなぐりすてた新緑の自然、意志の中へ泌み透るやうな初夏の明徹な外光、それらが僕の心に影響した力について、僕は、我れながら一種の愕きは禁ずることができない。

しかし、この文章の十七年後に書いた『『生活と芸術』の思出」(『晴天手記』一九三四・昭和九年　四条書房・後に『土岐善麿歌論歌話　上巻』一九七五・昭和五十年　木耳社に再所収)にはつぎの様に廃刊の理由を説明している。

当時の青年の矛盾の苦悩は、むろんぼくばかりの問題ではなかつたが、ぼくは遂に、その苦悩、無解決な臆病さ気弱さをみずから主宰する雑誌の上に絶えず反映することの苦痛に堪へかね、他にまたその決意を強める事情も起つて、『生活と芸術』を廃刊することにしたのである。

哀果にしては回りくどい言い方だが、要するに小さな一雑誌の限界に耐えきれず投げ出したということである。換言すれば創設した『生活と芸術』という雑誌では自分の考えていた目的を達成出来ないことに気付いたので廃刊を決めたということに外ならない。「イヤになったからやめた」というのは確かに哀果らしい表現だとおもうが、長い間、哀果に付き添い、共に仕事をして来た冷水茂太は哀果のこの決断について次のように論じている。

私は雑誌廃刊の動機は、直接善麿が書いているように、論争事件による思想と芸術との対立動向に耐えられなくなった点は別として、やはり彼の人間性によるものだと考えるのである。／その人間性とは、性格が強いとか、弱いとかいうことではなく、一人の社会人とし、家庭人としての限界性にある。善麿はつねに、ものごとの可能性と限界性とを考えてゆくことを、処世の要諦としている人間である。自分はここまでやればよい。あとは次の人に委ねる。決して執着をしない。—これは土岐善麿が生涯身をもって示した生き方である。／善麿が「イヤになった理由」はそれをおいてほかにはない。

（『評伝　土岐善麿』橋短歌会　一九六四・昭和三十九年）

ある重要な決断を迫られる場合、その根幹には常にその「人間性」が深く関わるから冷水のこの論法は残念ながら説得力に欠けていると言わざるを得ない。

この時期、哀果は『生活と芸術』の発禁をくらい長男が生まれたばかりの家に刑事がどかどか上がりこんできた。哀果には母や妻たちの恐怖と不安の顔が忘れられない。記者として犯罪を追う刑事はいつも見てきたがよもや治安紊乱の嫌疑をかけられて踏み込まれるということは予想だにしなかったろうから、このショックは大きかったに違いない。そしてこの後、まもなく哀果は読売新聞の社会部長に任命される。哀果が「二進も三進もゆかない」状況とはこのことだったのであろう。

そして哀果は『生活と芸術』の廃刊を決断するのである。もう、多言は必要あるまい。

五　『生活と芸術』残響

1　文芸の門戸開放

『生活と芸術』を「イヤになって」廃刊することにはしたものの、その間過ごした二年九ヶ月を哀果は当然のことながら無駄な歳月だったとは思っていなかった。原稿料を払わないかわりに広告料だけで発行するというアイディアや多忙な合間に月刊で一冊をたった一人で編輯するという離れ業をこなしたし、赤字で家庭を苦しめるということも済まずにやり抜けた。それというのも啄木との約束を果たしたかったという一念からであった。哀果の墓は啄木を弔った浅草等光寺にあるが、そこに刻まれた墓石の銘は「一念」だった。哀果の足跡を辿ってみるとまさにこの「一念」こそ相応しい二文字だと思わざるを得ない。

また『生活と芸術』は哀果に多くの友人をもたらした。その最たるものが大杉栄や荒畑寒村らの『近代思想』の同人たちだった。それらの人々はほとんどが当局の〝お墨付き〟だったが、これらの友人知己は哀果の思想に大きな影響を与えた。哀果と啄木の直接の付き合いは一年と三ヶ月だったが、この短い期間で哀果は実に多くのことを啄木から学んだ。そして『近代思想』との交友はその幾倍もの歳月によって哀果の思想的開花に貢献した。

とりわけ注目されるのは『近代思想』と『生活と芸術』の読者が交流し合って、しばしば合同の会合を持ったことである。いわばこの時代における『近代思想』の〝急進派〟と『生活と芸術』の〝穏健派〟の顔合わせは時代思潮の交流を促して政治と文学、思想と文芸を論じ合う共通の土俵を分かち合う場を形作ったということである。その要の役割をはたしたのが哀果であった。一方から軟弱と批判され、他方から過激と批判されながら哀果は両者の共通の広場を作ったという点で高く評価されてしかるべきだろう。当時、このような立場に立って泥を被るような人物はほとんどいなかったからである。

例えば『近代思想』と『生活と芸術』の最初の合同〝交流会〟のメンバーを見ると

寺内純一、安成二郎、荒川義英、坂本三郎、安成貞雄、矢口達、稲毛詛風、仲田勝之助、黒田鵬心、堺利彦、弟幸内、久津見蕨村、伊庭孝、大杉栄、和氣律次郎、片山潜、片山清、柴田柴庵、西村陽吉、市川又彦、土岐哀果、荒畑寒村

といった具合で一人一人の紹介は出来ないが評論家、作家、詩人、活動家など実に幅広い面々が顔を揃えている。中には思想や意見の異なるメンバーもいて、こうした会合は当時にあっては珍しくなっていたといえるからである。そしてこの要になっていたのが哀果だった。

そして今ひとつは格別な投稿規定がなく投稿自由という、これまでにない構想が読者には新

鮮で好意的に受け止められ多くの無名の新人が積極的に原稿を送ってきた。
さらに原稿料なし、という規定も斬新だった。これは著名人や有名人に寄稿を頼らず書きたい人や主張をしたい人々への門戸開放だったから無名の優れた人々への登竜門として歓迎された。つまり新しい人材発掘の妙手ともなった。
その一例が『生活と芸術』二月号（第一巻第六号、一九一四・大正三年）誌上に掲載された荒川義英の「一青年の手記」である。この号は総頁が七十二頁だったが、この原稿は五十二頁を占めてこのため他の原稿は殆どが後回しとなった曰く付きの作品だったが哀果はためらうことなく、この原稿を連載にもせず、一挙に公開した。この内容を紹介するとそれだけで紙数がつきてしまうので、ここでは未完の大器を持った無名の青年の作品とだけいっておこう。重要なことはこうした人材の発掘がこのような小さな雑誌が可能にしたという事実である。この荒川青年は哀果の要請で三月号に短い「読書狂」というエッセイを投稿しているが、このあとまもなく病没してしまい哀果の期待は露と消えてしまう。しかし、十数年後、荒川青年の父親から哀果に便りがあり、息子は哀果に感謝しつつ夭折したが亡くなる前に書き残したという小冊子が送られてきた。それは「満州国公用語問題」というエスペラント採用に関する提言であった。哀果は早くからエスペラント論者で、この手紙を期に親子のつながりを奇縁に感じたと書いている。（「生活と芸術の思出」『晴天手記』一九三四・昭和九年　四条書房）
また三月号にも哀果は無名の新人園三千夫の「背景」という作品をやはり全文二十頁を割い

て掲載している。ともあれ、無名の作品をこれほど大胆に雑誌の大半を割いて掲載するという英断は哀果ならではのサイカクでなければ為しえないことであり、また『生活と芸術』の最大の利点でもあった。

あまり自慢話をしない哀果だが、この決断だけは忘れ難いものだったようでこの作品を発表した二月号の編集後記では「かういふ青年のかういふ作物は、もし、この雑誌のやうな、売ることばかりを第一としない雑誌が紹介するでもなくては、遂に社会の一部に一読される機会すらえないかも知れない。さうなると、それが文壇にとつて、社会にとつて、あるひは一つの損失となるかも計られない。／僕は、僕がこの雑誌を編輯してゐる限り、かうした手段もとるべきであると信ずる。」

この言葉は哀果が『生活と芸術』にかける思いが端的に示されている。言い換えれば哀果はこの雑誌を文芸界のこれまでの頑な伝統とかしきたりを越えて門戸を広くし、無名でも新人でも積極的に登用しようと考えたのである。換言すれば文芸界の門戸開放である。

『生活と芸術』は廃刊になったが、この二年九ヶ月の間、この小さな雑誌『生活と芸術』から多くの人材が輩出した。例えばその一人大熊信行は哀果の影武者といわれるほど哀果に心酔し、この雑誌に最も多くの作品を投稿した。しかし、戦時下には侵略戦争を正当化し軍国主義の一翼をにない「大日本言論報国会」理事となり哀果とは思想的に相容れなかったため疎遠になった。このころ哀果は歌人達が大政翼賛会になびいて軍国主義に走ったため距離をおいて時局を傍観していた。この頃の哀果の時局との関わりについては時間が許せば稿を改めて論じてみたい。

ところで余談に属するが大熊信行は哀果に心酔して一時は片時も離れずといった時期があり、哀果もそれに応えていたが、『生活と芸術』についても編集の相談や実務に関わらせることはなかった。冷水茂太の作成した「年譜」によれば一九一七・大正六年「九月、橋本徳寿来訪、入門を乞うたが断る。以後今日まで弟子をとらない」(周辺の会編「土岐善麿年譜」『周辺』一九八〇・昭和五十五年)とある。橋本徳寿一八九四・明治二十七―一九八九・昭和六十四年)は造船技師で一時、哀果に私淑し弟子入りを懇望したが入れられず古泉千樫門下に入門、一九一八・大正七年に歌集『船大工』に哀果が「跋文」を寄せている。

とにかく哀果は仕事の上でも徒党や党派を組むことを嫌い、文芸においても師匠的集団を忌避して個人としての姿勢を貫いた。『生活と芸術』の編集姿勢はなによりもその信念を貫いた「一念」の人であった。

2　楠山正雄と荒畑寒村の論争

哀果が啄木と二人で取り組んだ『樹木と果実』はその目的を啄木は「我々は発売を禁ぜられない程度に於て、又文学といふ名に背かぬ程度に於て、極めて緩慢な方法を以て、現時の青年の境遇と国民生活の内部的活動に関する意識を明らかにする事を、読者に要求しようと思つてます。」（「平出修宛書簡」一九一一・明治四十四年一月二十二日）と述べていたように大逆事件以降監視の目が烈しくなる当局の目を逃れつつ新しい社会運動に結びつける文学運動を目指したものだった。

この企画が頓挫した苦い経験を哀果は二度と繰り返さず、かつ啄木の遺志を引き継いで新しい一歩を踏み出そうとしたのが『生活と芸術』だった。しかし、哀果はこの企てを周囲に洩らさず相談もせず一人秘かに練っていた。それには『樹木と果実』を二人で起こそうとしたことの失敗の原因の一つが二人の共同編集にあったと哀果は考えていたからである。そのことを明らかにする言葉をはっきりと哀果は残していないが、後のいくつかの回想でこのことを示唆する発言をのこしている。そして今一つは金の問題、経営的な算盤の問題だった。赤字になるような経営なら初めからやらない方がいい。この二点をクリアすれば編集力で乗り越えられる、と哀果は考えたのだろう。

哀果が創刊号に於いても『生活と芸術』の目的方針を明確に打ち出さず、また投稿規定をも明らかにしなかったのは下手なことを言って当局から目を付けられることを意図的に避けたものと思われる。兄貴分の『近代思想』に掲載した『生活と芸術』創刊号広告では「芸術と実生活とを渾一せしめんとする努力」第二号では「実生活に邁進せしめ渾一せしめよ吾人の芸術をして」というあまり意味のはっきりしないキャッチフレーズを掲げているだけだ。しかし、大杉栄が『生活と芸術』を『近代思想』の「大久保より」（編集後記）で「親類」も同前と（一九一三・

大正二年九月号）名指したから正体はこの段階でバレている。

当局の監視をくぐり抜け如何にして新しい雑誌を発行していくか、哀果が考えついたのは「生活」と「芸術」というキーワードだった。つまり「運動」とか「社会」という〝危険思想〟と結びつかないイメージを持つ「生活」と「芸術」を使ったのだろう。

忙しい新聞記者を続けながら残りの時間を雑誌編集に体を張って取り組んでいるのだからそれなりに評価されるだろうと哀果は考えたが、『近代思想』派からはそうは受け取ってもらえず、安全地帯にいてペンを持つだけの人間に見えていたからかみ合わないわけだ。いくら労働者の味方だと言ってもきれい事を書き並べる人間と写るから団結のエネルギーは生まれない。「うまいパンを作って労働者に食べてもらおう」といいながら新聞社から新聞社に転身する哀果を信頼できないのは当然といえよう。連帯は理論ではなく実行から生まれると信ずる『近代思想』派とは結局相容れないわけだ。

そういう状況が具体的な形で表面化したのが楠山正雄と荒畑寒村との論争だった。楠山正雄は読売新聞の記者で哀果の同僚である。既に述べたように哀果と啄木を結びつけたのが楠山である。それが機縁で『樹木と果実』につながるのだが、その楠山が読売新聞に『近代思想』ヨーロッパにおけるアナキストやテロリスト批判の原稿「ハプスブルク王家のをはり」を書いた。これを読んだ荒畑寒村が『生活と芸術』に「楠山正雄に与へて明答を求む」（一九一五・大正四年二月号）という反論を寄せたのがきっかけとなって大論争に発展した。

3 論争の帰結

論争の発端は楠山正雄が現在欧州を席巻しているアナキストやテロリストの動向を衆愚政治の蚕行として、その思潮の流れが日本に及んでいるとした論文である。これに対して荒畑寒村は『生活と芸術』誌上に「楠山正雄に与えて明答を求む」（一九一五・大正四年第二巻第六号）という全ページ七十四中三十八頁を占める反論を展開した。内容はアナキストやテロリスト擁護を詳細に述べたものであるが、「汝人面爬虫の如き楠山正雄、君が戦慄し、怒号し、哀泣しつゝ、吠え立てたアナアキストに対する讒誣《サンブ》中傷は、いま逐次箇条書にして辨破反撃して呉れる」とか」「君は早稲田大学を出た文学士さま、僕は僅かに国の小学校しきや卒業せぬ小僧、君は文壇の大家、僕は社会運動の一兵卒、位置から云つたつて、到底君なんかにお呼びも付かぬ事は解りきつて居る。唯だ然し乍ら、何もかも承知しきつて居るやうなツラ付きをして、不真面目な嘘ばかり吐いて居る詐欺面をヒン剥いてやりたいから、アナアキストやテロリストの行為の真相を、事実を、正体を、君の眼前に突き付けたのだ。」という罵倒が面々とつづられる。

これに対して楠山もすぐ回答に応じ「少し面倒くさいけれど、わが低能児荒畑寒村君のために、僕の書いた文章の全文を引いて、注釈を加へてあげよう。」として自分の書いた原稿全文を引いた後、荒畑の指摘に悪ろに反論して次のように締めくくっている。

最後に繰返して言ふ。荒畑寒村君。少しでも自分達の耳に逆らふやうなことを言へば、直ちに警察の犬でゞもあるやうに謬想するいぢらしい強迫観念から脱れて、僕の書いた『ハプスブルク王家のをはり』の全文を、少くとも筆者の心持に多少の同感を持ちうるだけの余裕を以て、もう一度丁寧によみかへして見たまへ。少しでもあの文章のデリカシイが分かり、心持がくめたら、あれに対して書かれた君が五十枚の公開状、畢竟君が自ら作り出した恐ろしい醜い幻影に向つて放たれたる空虚な怒号であつて、僕はそれに対して返事を書く義務もなければ謝罪する必要もないことが分かるであらう。（中略）要するに君と僕とは心持の上にまるで桁のちがつた人間なのだ。それではいつまで議論して見たところで帰着点を見出す筈はないから、僕の返事は不満足ながらこれで打止めにする。

（「荒畑寒村君に與ふ」『生活と芸術』一九一五・大正四年三月号）

二人のやりとりはこれで収まらず楠山が『時事新報』に追い打ちの原稿を書いた。それを知った荒畑は三十数枚の反論を哀果に渡した。間に入って板挟みになった哀果は折衷案として二人で直接対決したらどうかと提案すると二人は賛同して立会人として哀果、堺利彦、安成貞雄、柴田勝衛を二人に提案、諒承された。そして専門の速記者を入れて正確な記録を期して『生活と芸術』に掲載することで、その結果は一九一五・大正四年四月号に公開された。『楠山・荒畑二氏の会見』というタイトルだが、実際は立会人も自由に発言する「討論会」となった。銀座のカフェで夜間に行われたこの討論会はおよそ三時間ほど、内容的には両者の主張は侃々諤々、喧々囂々、議論は伯仲したが相変わらずの平行線を辿り合意や和解は全く見ることなく終わった。この模様は『生活と芸術』四月号に二十五頁に渡って掲載された。

4　堺利彦の結語

興味深いのは立会人の一人、意外にも堺利彦が中立的立場を通して事実上の〝司会〟の役割を果たしていることである。荒畑や大杉と同じ立場にあるにも関わらず冷静な目で判断をくだしている。例えば会談の前半で議論が錯綜し混乱気味になると「さつきからの形式が、正式な討論のやうに思つたけれども、一向埒が明かぬと思ふ。どうも要領を得らぬやうに思ふから、一層唯みんなで、此処で茶を飲んで雑談をするやうなことにしたい。そんなことにした方が宜くはないか。」と提案している。ところが一同熱くなっていてこの提案は無視されてしまう。そして討論会の最後の段階で次のように発言している。この言葉は今回の討論の最もまともな〝まとめ〟になっている。

僕は元来極めて不熱心な立会人で、最初は楠山君の書いたものも読まなかつたが、今度読んで見れば、あゝ云ふ風な唯一個の保守的文藝家の言であつて、それと似たやうなことは政治論者や社会論者の間には幾らもあつて、僕等から見れば何でもない。腹も立てなければ攻撃しようとも思はない。それを荒畑君が大問題にして、長いものを書いたと云ふことは実に意外だつた。それだから実は余り此の問題に就いて自信がないが、荒畑君が問題とする以上は、荒畑君の立場として、あの論文の筋は尤もなことである。所で其の次の楠山君の弁駁を見ると、前の楠山君のよりは大変論法が進んで居て、前のは単に文芸家としての社会改良観であつたが、次のでは稍国家社会主義者とか云ふやうな立場が明かになつた点に於いて、あとの弁駁が意味があつたと思ふ。其の他の点に於いては余り大して要点が取れて居ない。それで其の上になつて又荒畑君が会見を要求し、討論をすると云ふことも、最初から僕は不熱心な立場だから、どう云ふ必要があるか分からかつた。けれども来いといふので来たが、今まで討論した所でも、大して要領を得たとも思はない。此の討論及び此の会合は大体に於いて、大して利益のあつたものではない。けれどもやつて見れば稍双方に理解の多くなつた所もある。是だけがせめてもの効果だと思ふ。

このコメントはこの討論会の総括として尤も的を射たものだと思う。「氷炭」が相容れ合うのはそう簡単なことではない。苦辛してこの企画の実現に当たった哀果は「思ふに、この事象は、我が文壇最初のものであつて、問題の討議における一新例をつくつたものと謂ふべきであらう」(「後記」)と書いたように一小雑誌それも個人誌が取り上げた功績は高く評価すべきで、哀果の業績の一つに加えられるべきものであったが、その中身はやはり実りのないものに終わった。

哀果は出来ることなら楠山と荒畑の両者に於ける接点の可能性を期待し、模索しての試みだったが実を結ぶには至らなかった。哀果が『生活と芸術』を突然廃刊を決意するのはこの後のことである。

5　斎藤茂吉と『歌壇警語』

歌人としての土岐哀果が『生活と芸術』で論争を挑んだのが当時飛ぶ鳥を落とす勢いを持っていた「アララギ」派の斎藤茂吉であった。茂吉は一八八二・明治十五年生まれで哀果より三歳年長だが作品のデビューは「赤光」（一九一三・大正二年）だから哀果の処女歌集『NAKIWARAI』の三年後ということになる。

二人が接近するのは哀歌が『生活と芸術』を出した前後のこと。『生活と芸術』の相棒西村陽吉と組んで歌壇評論の「歌壇警語」の連載が始まるのは一九一五・大正四年九月号からである。この企画は九月号から翌年三月号まで続くが、その根幹を成すのは哀果による斎藤茂吉論であった。

(1)「茂吉君の近作」（一九一五・大正四年九月号）
(2)「二つの反論」「斎藤君の駁論」（同十二月号）
(3)「言葉の問題」（一九一六・大正五年二月号）

(4)「木馬紅塵」　(同四月号)

これらの批評にたいして茂吉は直ちに反論を『アララギ』に書く。

(1)「詞の吟味と世評」(一九一五・大正四年十一月号)
(2)「二たび詞の吟味と世評」「三たび詞の吟味と世評」(一九一五・大正四年十二月号)
(3)「土岐君に答へる」「土岐哀果の秋風裡」(一九一六・大正五年一月号)
(4)「土岐哀果に与ふ」(一九一六・大正五年二月号)
(5)「二たび土岐哀果に与ふ」(一九一六・大正五年三月号)

改めて付け加えておくと、当時『アララギ』派は茂吉を中心とする一大歌壇として飛ぶ鳥を落とす勢いを有する一派を成していた。一方、哀果の『生活と芸術』はその陰にひっそりと咲く野草に喩えられていた。いわば野に於ける雑草が無謀にも闘いを仕掛けるという図だった。当時、茂吉は『赤光』(東雲堂　一九一三・大正二年十月)を出して歌壇のみならず文芸界全般の注目を集めた。東京帝国大学医学部に入り精神病学を専攻する異色の歌人であった。『赤光』には後に「母三部作」として知られる歌が収まっている。

はるばると母は戦を思ひたまう桑の木の実の熟める畑に
みちのくの母のいのちを一目見ん一目見んとただにいそげる
死に近き母に添い寝のしんしんと遠田のかはづ天に聞こゆる

母思いの茂吉で一高―東京帝国大というエリートコースながら家庭的には複雑で歌人としての環境には恵まれなかった。茂吉の歌に見られる抒情、悲哀、錯綜する感情の表現はその現れとも言われる。哀果との論争のきっかけになったのは(1)「茂吉君の近作」という評論だった。冒頭、哀果は茂吉の作風について率直な感想を述べる。

斎藤君の歌論、それを発表する態度は、僕の敬し且つ愛するところであるが、その近来の作歌は、僕の甚だ慊なく思ふところである／斎藤君の近来の作歌は、内から湧きでるのでなく、外からくつ附くのであるやうに思はれてならない。（傍点原文）

この指摘に茂吉は「耳辺に嘲笑のこゑが聞こえる。（中略）このこゑの主は土岐哀果君である。酒に酔ぱらつてゐるのではないかと思つて見るとさうではない、いつものやうに清明な目をしてる。そこで予は驚いた。土岐君は予の制作機転と詞の吟味行為とを混同して結論してゐるからである。（中略）おもふに現代の歌つくりの中で詞の由来吟味に就いて公言し得る資格のあるものは予を措いて幾人もあるまい。」と一刀両断するのだが、これだけでは満足せず第二弾を二ヶ月後に放つ。「苦しむことを知らない土岐君は最愛の妻子を側に今ごろは安眠してゐるであらう。ひとの安眠を妨害してはわるい。（中略）予が心身の源なる父母を愛し尊ぶやうにお陰を蒙つた詞を愛し尊ぶ。ここが土岐君の為方と選を異にするところである。」

これは明らかに感情にまかせての物言いで歌人らしからぬ表現になっている。こうした感情移入の筆法は正面から堂々と渡り合う論争にはならない。特に茂吉の(3)「言葉の問題」では哀果の近作（＊圏点原文）

　　とかくして不平なくなる弱さをばひそかに怖るアキのちまたに

を論評して「とかくして此作者は、『不平』といふ異を玩具の如く弄んでゐるらしく見える。歌集の『不平なく』『街上不平』などの題がみんなそれだ。だんだん無關《アパチー》の状に退化して真に怖ろしければ戦うがよい。（中略）さうして『不平なくなる弱さをば』などと云つて仕舞つていゝ気持になつてそれに甘えてゐるのである。甘えた後はそれで満足が出来なくて人に見せびらかしたくなるのである。」というに至ってはこども喧嘩にも劣る幼稚ないいがかりだ。ただ茂吉は少し言い過ぎたと恥じたのか哀果に「要点を絞って討論しないか」とハガキを出したが返事はこなかった。代わりに哀果は(4)「木馬紅塵」で論争の幕を下ろすことにした。

僕は斎藤君自身にとつて一種の藪医者であつたわけである。その昔健かなりし人近時体力衰へたりと見て、病源茲に存すと処方箋を書いたところが、その本人から、体力少しも衰へざることを大喝されて、一応ひき下らざるをえなくなつたやうなわけからである。我れ豈に弁をこのまんや。夫れ然りと雖も、顔いろのよくないことは藪医者の眼にもわかる。好漢冀くは加餐自愛せよと云爾。

およそ六ヶ月に渡る二人の論争はかくして終りを告げるのであるが結局二人は氷炭相容れず喧嘩別れとなった。哀果が『生活と芸術』の廃刊を決めたのはこの論争の直後のことである。廃刊の知らせを受け取った茂吉は「大兄は「歌人々々」といって軽蔑してゐながら、やはり歌を作ってゐたのを僕は嬉しく感ずるのであります。それは一面からいへば、歌つくり同志での敵ではありませう。敵であってもかまひません。怨敵まことは道の師なりと申します。そこで、もっと突込んで言ふことがあるやうな気がします。それは第二期の『生活と芸術』のをりにゆづりませう」茂吉にとって哀果との論争はまだ未決着だったのである。

思うに哀果と茂吉の論争はその主題の設定や方法によっては短歌界への一つの新しい転機をもたらす要因を含んだものではなかったろうか。二人がもう少し歩み寄って討論をしたならもっと生産的な歌づくりの萌芽に結びついたのではなかったか。残念なことにアララギ派のメンバーはこの二人の論争に全く誰も加わらなかったことも論争を実りあるものにせず哀果、茂吉の個人的〝遺恨試合〟にしてしまった一因と言えなくもない。

6『生活と芸術』叢書の刊行

哀果は雑誌『生活と芸術』を刊行しその頁を読者に開放して出版界に一種の百家争鳴の機運を促した。有名、無名を問わない投稿第一主義の方針は広い支持をうけ、発行部数は予想を超えたものとなりお陰で哀果は債務には無縁で居られた。寄稿者には著名な評論家、歌人、詩人といった作家も多かったが、なんといっても『生活と芸術』の特徴はいわゆる無名の人材を発掘するという点が大きな特徴だった。また編集陣も余人をおかず哀果が一人で仕切った。経済的なことは相棒の東雲堂店主西村陽吉に任せておいて哀果は周囲を気にかけない〝独裁者〟として振る舞うことに専念した。記者生活兼任で二年九ヶ月も続いたのは足手まといになりがちな〝伴侶〟すなわち相棒がおらず周囲に気兼ねすることなく編集に専念できたのである。その代わり総てが哀果の手にかかるから個人的な多忙さを負うことになったが、どちらかと言うと哀果は人との交渉、付き合いが嫌いではなく、むしろ進んでその機会を自ら作った。月一回の読者の集い（ほぼ飲み会になった）はもとより『近代思想』の仲間とも会合を欠かさなかったし、他の諸々の会合にも積極的に参加している。

だから普通の人間であれば小さいとは雖も一雑誌を一人で抱え、編集するだけで手一杯のはずだが、哀果はこれだけでは満足しなかった。そして雑誌だけではなく独自の出版事業にも手をだしたのである。このことはあまり評価されていないが、哀果の意図は出したいもの、読者に読んでほしいものを出すという意欲の表れであり、またこのことによって日本の文芸、思想、芸術のために貢献し、かつ積極的に関わろうとする哀果のいわばもう一つの文化に対する意欲的な企てだった。多くの文化人が己の業績にうつつをぬかし他を顧みない個人主義にこりかたまっている中で、哀果の姿勢はもっと高く評価されていい。

この叢書刊行の意図について哀果の手になる宣伝文言にはこうある。

吾人の芸術は即ち吾人の生活である。吾人は生活とゲオとの一致に住し、芸術と生活との融合に安んずる者である。従つて又吾人の芸術は社会的芸術である。而も社会進展の基礎は科学である。故に吾人の叢書は芸術の叢書であり、経済の叢書であらねばならぬ。斯くて吾人は『生活と芸術』を標榜して、文藝と科学と経済とに亘れる多種多様、多方面多趣味の叢書を発刊す。

この叢書は菊版半裁版、一冊平均百頁前後、洋布装堅牢美本、定価三十五銭、当時としては珍しい著書の肖像写真一葉が付いている。発行元は東雲堂。この企画もまた東雲堂の西村陽吉なくしては実現できなかっただろう。哀果と西村との関わりは出版界の異色の二人三脚だった。

第一編　馬場孤蝶『社会的『近代思想』文芸』
第二編　カーペンター（堺利彦訳）『自由社会の男女関係』
第三編　上司小剣『金魚の鱗』
第四編　大杉　栄『労働運動の哲学』：（＊発禁）
第五編　荒畑寒村『逃避者』
第六編　石川啄木『我等の一団と彼』
第七編　西村陽吉『都市居住者』
第八編　安成貞雄『文壇与太話』
第九編　仲田勝之助『ロシア革命と文学』
第十編　アナトール・フランス（土岐哀果訳）『白い石の上で』

このうち馬場孤蝶の『社会的―』は初版残部僅少、カーペンター『自由社会―』は初版売り切れで再版で順調な船出だったが大杉栄の『労働運動の哲学』は発禁となった。「最近哲学会の二大潮流たる主理派と主行派との対立。此の二大潮流と最近労働運動との関係。革命的労働運動者の思索と行為との方法。又斯くして得たる個人的及び社会的創造。而して最後に著者自身の労働運動に対する徹底的態度。本書は実に、此等の諸点に関する世界に於ける最初の組織的発表である。」この一文はおそらく大杉自身が書いたものであろう。この文言が当局の〝逆鱗〟に触れたらしい。

また石川啄木の『我等の一』は哀果が節子夫人から預かっていた原稿の一つで、すでに哀果の奔走で読売新聞に掲載されたものである。哀果が書いた宣伝文には「本書は彼が晩年に書ける小説中最もよく彼の内生活と彼の死後の傾向とを暗示せる作にして、一個の日本式ニヒリストを描けり。歌によりて知られたる啄木は更に詳しく本書に具現せらる。」と紹介されている。この書が函館に移転していた節子夫人に届けられたのはその死後のことである。

哀果は当初、この叢書を第一期とし、引き続き第二期の構想を練っていたようであるが『生活と芸術』の廃刊にともなって潔く企画を断念する。母屋がなくなる以上、やむを得ない判断だったが、沈滞する出版界の状況を思うと惜しみて余りある結末だった。

7『雑音の中』――一行歌への転換

『生活と芸術』廃刊号の〝あとがき〟で哀果は「さて愈よ廃刊した。それならば、その上で何をする―その点については僕も私《ひソ》かに期するところはある。しかし、一小雑誌の興廃と、それに伴ふ僕一個の問題など、今、さしあたつて、ことさららしく語る必要もない。」と書いていた。

そして間もなく歌集『雑音の中』を出した。一九一六・大正五年から翌六年までに作った約

三百首の歌集である。時期的に『生活と芸術』の発禁処分から一年後の出版ということになる。この「はしがき」に

啄木の三年忌における追憶にはじまつて『生活と芸術』の廃刊にをはる、そこに僕としては一個の記念がほしいのである。僕を思想的に啓発し、人として導いてくれた亡友に対する敬慕の情、小さいながら三年余つづけた雑誌をやめるに至つた心もち、その間における多少の事象、僕の生活、一ト区ぎりをつけたくなつたのである。

とあるように「啄木三周忌」と『生活と芸術』の廃刊を区切りとした心境のもたらした作品である。そして最も顕著な変化は、是まで三行歌にしていた歌を「一行歌」に改めたことである。しかし、この「はしがき」にその説明は一言もない。またこれ以後の哀果の歌集はすべて「三行歌」になっているが、その説明はなされていない。ただ改造社版『現代短歌全集』の「土岐善麿集」の後記には「『雑音の中』にいたって、僕は一首を三行にかくことをやめている。様式は〈還元〉したが、その表現において、伝統反逆から得たところは、おのずから感知せられるものがあろう」といともあっさり述べている。しかし、これだけではいくら「おのずから感知せら」れよと言われても感知出来るわけがない。
自らも歌人であり、また哀果の傍らにいて長年、哀果の仕事をじかに見守ってきた冷水茂

太は哀果が何故三行歌から一行歌に変えたのかを問うのは愚問であり「自分の詞のリズムを生かすために、一首を三行書きにしてきたのだ。一行書に還元しても、自分の言葉のリズムを生かせると思うようになったから、そうしたまでである。」(『評伝　土岐善麿』橋短歌会一九六四・昭和三十九年)と述べているが、これだけの説明で納得しろといわれても無理というものだろう。ただ、雑誌の廃刊でも哀果はこともなげに「イヤになった」という一言で済ます人間である。つまり言い訳やご託を並べることを好まない人間だ。この場合もこれに近い態度だと考えれば余計な詮索をせず、あっさりとなるほどそうなのかと受け止めればいいのかも知れない。しかし、哀果ほどの人物である。それなりに自分に納得のいく答えを見つけた上での決断だったというべきなのだろう。哀果にして人に説明の出来ない不可解な選択をする筈がないからである。

ただ、ここでもう一つ、「三行書」について私見を加えておきたい。というのはすでに述べたように哀果自身は『雑音の中』以後、「僕は一首を三行にかくことをやめている。」と言っている。もっと厳密に言えば「一行に書く」とは言っていないのである。

これまで一般的に哀果は『雑音の中』以後は三行書きをやめて一行書きに変えたと考えられているが、それは正しくない。正確に言えば「三行書」を止めただけで表記は「二行」と「一行」の二方向に変更したというのが正しい。

例えば『雑音の中』以後、出される歌集はほとんどが「二行書」となっていて「一行書」になっているのは極く一部に過ぎないのだ。『雑音の一』以降に出版された歌集『緑の地平』(一九一八・大正七年)『緑の斜面』(一九二四・大正十三年)『地上』(一九一三・大正十二年)『六月』(一九四五・昭和十五年)『周辺』(一九四二・昭和十七年)はいずれも二行表記である。

これらの歌集で最も版の小さなものは『緑の地平』で縦十五、五、横十一センチ、即ち「菊半截」版で、これで一行表記にすると文字が小さすぎて読みにくいため、本文では六ポイント活字で二行表記としている。しかし、これ以降の歌集はいずれもこれ以上の大きい版になっているから一行表記でも読みやすいはずだが全部二行表記である。

特に哀果から善麿と本名を使うようになってからは三行表記は失せて二行表記になっている。したがってこれまで言われる哀果の一行表記に転換したとする説は現実的とは言えず正確には二行表記として受け止める必要があろう。

歌と無縁のど素人の私のような人間がこの件に関して口を挟むのは甚だ僭越だが、一行表記はどこからみても棒状の如く無愛想に見えるし、息継ぎのない無聊な印象をぬぐえない。これに反して三行表記はゆとりがあり、行変えによる微妙な感覚が生じてくる。いってみればオーケストラによる余響が殷々として漂う印象を残すスタイルに写る。幾何学的に言っても一本の棒より三本の棒が組合せの妙を醸し出すことが出来よう。視覚的な印象からいっても一行の揮毫は味わいに欠ける。三行の空間が醸し出す美点を生かさない言葉は歌の命を表現以前にうしなっているように感じてならない。ちなみに啄木の歌は一行では到底活かされないと思う。その上、啄木の三行歌は行によって一字を下げたり、句読点を付けたりする等の工夫がこらされていて、それは恰も画家が筆を自由に振るうが如き雰囲気が醸し出されており、歌の行歌論はもっと議論されていいと思わざるをえない。

それゆえ私は哀果による二行歌として最初の作品が『雑音の中』だったことの方が重い意味を持っていると思うのである。なぜならこの冒頭に措かれたのが盟友への賛歌「啄木を憶ふ」だったから一入である。

かくてあれば、わが今日をしもあらしめし亡き
友の前にひそかにわく涙。

友としてかつて交はり、兄として今はもおもふ
渝《かは》ることなし。

かれ遂にこのひと壷のしろき骨、たつたこれだ
けになりにけるかも。

病ひやや癒ゆといへるに、いつしかもみおもなりけるその妻あはれ。

その妻もおなじ病ひに死ぬことか、日に日に痩せて死ににたるなり。

あのころのわが貧しさに、いたましく、悲しく友を死なしめしかな。

かれ遂にわれに許さず、死に近くはじめて金を欲しけるかも。

この歌は啄木への鎮魂歌というだけではなく『生活と芸術』を廃刊した哀果の心の空白を埋め、かつ『樹木と果実』の苦い思いを振り切って啄木への新たな共同作業への道へと結びつくものとなって行くことになる。

8 唯一人の〝門弟〟冷水茂太

惜しまれながら哀果は『生活と芸術』を廃刊した。期間にして二年九ヶ月、三巻三十四号、一度の発禁処分を受けながら一冊の欠号もない文芸界の〝優等生〟だった。しかも廃刊の理由が「イヤになった」から、という破天荒な理由だった。通常なら雑誌の廃刊は販売不振、編集内容に対する批判、編集部の解散、発行所の倒産というような背景が常識である。しかし、経営状態もよく、読者に支持もされながら突然、一方的で勝手に廃刊というのはあまり耳にしたことがない。当然のことながら業界仲間から不満や批難の声が上がったが哀果は平然と事態を静観した。

哀果にこうした決断をさせた最も重要な要因はこれが哀果個人の雑誌ということだった。これが当時の流派を形成している歌人たちの雑誌であれば内紛、糾弾、非難が巻き起こって収拾のつかないことになったであろう。物事に執着という感性を持たない哀果は「イヤになった」という明々白々な言葉を発して異論をものの見事に封じてしまった。

哀果の「イヤ」という言葉をそのまま信じる人はいまい。この「イヤ」の真の意味は、自分一人で出した『生活と芸術』の廃刊の真意をクダクダと説明するのが「イヤ」だったということであって刊行や編集上の苦労や心労が「イヤ」になったわけではあるまい。そしてもう少し哀果の本心を忖度すればいつまでも自分一人に重荷を持たせないで誰かこの仕事の後を引き受けてくれていいはずだ、という思いが込められていたのではなかろうか。

また哀果は流派を作らず持たず、弟子や門下生をも持とうとしなかった。何より「宗匠」という地位に甘んじることが嫌いだったといってよい。時に入門を乞う人間や流派の立ち上げを促す人間もいないではなかったが、哀果はそういう動きや流れを峻拒した。その理由は、そのようなこと自体が「イヤ」だったからであろう。

例えば歌人を志して上京した橋本徳寿は入門を申し出たが哀果は言下に「自分には弟子といふ者は一人もない、弟子は嫌ひだ」(「青年哀果先生」『余情　第七集　土岐善麿研究』一九四八・昭和二十三年六月号)と峻拒している。橋本は神奈川の造船所の技師で後に哀果の推薦で古泉千樫の門下に入り、後に個人誌『青垣』を出している。哀果は橋本の歌集に祝詞を巻頭に寄せているが「弟子」とは認めなかった。

そういう哀果の性格を見抜いて勝手に〝入門〟をした男がいる。冷水茂太である。氏は「現代歌人協会」や「日本近代文学会」の会員であり歌集『燻猶』『むらぎも』『白き雁』『冷水茂太歌集』などの作品を有するばりばりの歌人である。確かに冷水は歌も作ったが、より時間を割いたのは土岐哀果という人間の語り部でありその唯一の実質的な〝門弟〟というべき人物だった。

とは言っても冷水自身は自らを門弟だとか弟子と称したことは一度もない。それこそ勝手にその役を進んで買ってたのであった。冷水は勝手に哀果(善麿)研究を黙々と続けただけであり、哀果もそれと知りながら黙認していた。晩年、善麿は周囲に「彼は私の特別弁護人なんだ」と語っていた。

少し脱線するが哀果ほどの学問上の実績と功績を持ちながら全集の一つもないというのは不可思議な現象というべきであろう。同世代の柳田國男と比べてみるとその感はひとしおである。その全集は版を重ね、文庫にもなっている。このことは柳田研究にとって非常に重要な条件なのだ。というのは仮に誰かが哀果研究を手がけようとした場合、哀果には全集がないから文献や資料を自分で一から探さなければならない。全集があればそのような手間をかけずとも済む。しかし哀果の場合は現状では国会図書館に頼らざるを得ないが収録が完全とは言えず、またいちいち出掛けたり、複写サービスを使ったりして膨大な時間と費用がかかるから、若手の研究者では手に負えず哀果を研究テーマに選ぶ研究者はいなくなるから研究はおざなりになる。

柳田國男について言えば現在でも年に数冊の書物が刊行されている。しかし、哀果の場合は冷水茂太以外の語り部は現れず、これ以後では本書が初の出版という状況になっている。それに哀果の著作はおそらく柳田國男を越えているから全集を引き受ける出版社もないだろうし、哀果研究者が育つ環境は残念ながらこれからもゼロに等しい。日本の文学と文化に関しては哀果の仕事を踏まえることが必須条件という認識が現在の日本ではあまりにも希薄で気がかりなことである。

9 『周辺』の創刊―第二の『生活と芸術』

もう少し冷水茂太を語りたい。なにしろ冷水茂太は哀果を語る最後の証人だからである。柳田國男には無数といっていい証人や語り部がいたが哀果にはこの冷水茂太一人しかいないからだ。私が知る限り冷水が哀果について書いた著書は本書の「参考文献」に掲げておいたが、これ以外にまだあるかも知れない。

その冷水が自ら立ち上がって文芸誌『周辺』を創った。一九七二・昭和四十七年一月のこと、哀果八十七歳、冷水六十一歳の時である。お互い、充分な年寄りで新しい催しを始めるには少し時間が経ちすぎと思うが、この二人にはそのようなことは関係ないらしい。どうやらこれをけしかけたのは哀果のようだ。そしてこの話に飛びついた冷水を編集長に指名したのも哀果である。

斜面荘の南窓でたまたま二、三の友人が顔をあわせたとき、世間話、といっても、われわれのはむしろ世外的なものであるが、こうしていつしか楽しく長い交遊をかさねて、これを各自が相互に「周辺」と感じていることにしたら、他生の縁ももっとひろがるはずであり、この小さな雑誌―「冊子」でもこしらえて、めいめい思いのままのかってなことを書いてみるのも、生活の記念になりはしないか……。だれから言いだしたともなく、そんなことになって、この「周辺」の発刊へまで運んだのである。（「周辺小記」）

かくして、月刊、A5版、頁数は任意、定価百円、原稿料なし、事務所光風社、編集世話人数人等というスタイルは『生活と芸術』の踏襲で差異点は広告がないことぐらいである。創刊号は総四十九頁。構成は以下の通り。

表紙　前田青邨
巻頭　「万葉集の孤独感」（中西進）
　　　「明の邵宝の杜詩注」（吉川幸次郎）
短歌　土岐善麿・近藤芳美・中野菊夫・高折妙子・冷水茂太
随想　池田弥三郎／亀谷了／加藤将之／長沢美津／前田透／窪田章一郎／湯本喜作／山下秀之助／加藤克巳
論評　歌壇警語（中野菊夫）／道長経筒の周辺（土岐善麿）

結局『周辺』は一九八〇・昭和五十五年十一月まで七年九ヶ月間、合計九巻五十四号まで続いた。哀果が亡くなって半年後にその幕を閉じた。発刊中、哀果はこまめに筆をとって洒脱な文章を幾つも残しているが「終刊号」は「土岐善麿特集」である。

巻頭　九十の春　希望の友情（土岐善麿）
I　記念論集　蔵中進／柘植秀臣／清水卯之助／穂積生萩／松本昌夫／工藤直太郎／冷水茂太
II　追悼論集　李芢／さねとうけいしゅう／小出孝三／池田弥三郎／宮川寅雄／岩佐美代子／加太こうじ／長田一臣／前田透／玉城徹／中野菊夫／中野嘉一
III　短　歌　土岐善麿／中野菊夫／松本千代二／斎藤豊人／市来勉／石黒清介／野村泰三／片山恵美子／大沢とし／工藤直太郎／有海悦子／森屋光子／浜鈴恵／三谷千里／三品千鶴／篠弘／桂静子／冷水茂太／安藤寛
IV　グラビヤ　土岐善麿三代のあゆみ
V　回想の土岐善麿（一）　稲垣達郎／戸板康二／久保田正文／宇野雪村／嵯峨寛／吉田澄夫／太田善麿／喜多実／白土吾夫／浜川博／北野克／多屋頼俊／麻生泰久／松本政治／井上宗雄／松浦正隆／吉岡修一郎／小原孝夫／杉村武
VI　回想の土岐善麿（二）　木俣修／中西進／長沢美津／大悟法利雄／加藤克己／松井如流／飯田莫哀／清水乙女／村崎凡人／若山旅人／千代国一／大岡博／高折妙子／中山周

三／穂積生萩／来嶋靖生／片山恵美子／菊池良江／松葉直助／酒井衍／岡山たづ子／吉田松四郎／遠山繁夫／髙橋荘吉／髙橋希人／安藤寛／太田青丘／山下喜美子／野村清

Ⅶ　回想の土岐善麿（三）

亀谷了／野村泰三／渡辺寿美子／山下愛／下田伊輔／平井奈々子／菅生定祥／土岐健児

Ⅷ　資料編

さようなら土岐善麿先生（写真集）／追悼文一覧表／土岐善麿著作年表／土岐善麿年譜（冷水茂太編）／「周辺」総目次／編集後記

表紙は創刊号に進んで描いた前田青邨。総数二八〇ページ、最終号は二〇〇〇円だった。この回想記のなかに太田善麿の名がみえる。実はこの太田善麿は私が勤めた大学の学長である。私が講師として学長から辞令を授与されたのは三月一日で、普通は新学期に合わせて四月一日になるのだが、どういうわけか私一人だけが此の日に発令されて学長から直接辞令を手渡された。広い学長室に各学部の部長に囲まれて辞令をもらったあと、やおら学長が「あなたのような若い方は学問の道を狭く捉えずに広く受け止めてゆくことが大切です。」という意味のことを言われた。私はこの学長が古代文学の専門家で学士院賞を受けたことを知ったのはこのずっと後のことである。だから一時期「善磨」という言葉を聞くとうちの学長だった人と長い間誤解していたものである。

話を戻そう。機会があればこの『周辺』の詳細を読んでみたいと思っているが、ここではこの中心になった冷水茂太に限定して話を進めたい。というのは冷水茂太は『周辺』を第二の『生活と芸術』と受け止めて、哀果の書きたいこと、伝えたいことを思う存分この雑誌にぶつけてもらいたいと考えてそれ以外のことにはあまり神経を使わなかった。

『生活と芸術』の時は、最も哀果が気を遣ったのは発禁すなわち発行禁止を食らうことであった。しかし、『周辺』ではそのような時代風潮は一掃されたから、ことに神経をとがらす必要は一切なくなったからのびのびと編集に集中出来た。『生活と芸術』が二年九ヶ月、通巻三十四号だったのに比して『周辺』がそれより長い八年の歳月と五十四号という記録は戦前の言論封殺の時代では考えられなかったかも知れない。もっとも『生活と芸術』は哀果の「イヤになった」という理由で廃刊となったが、「イヤになった」のは当時の時代風潮だったのかも知れない。

この最終号に冷水茂太は「永訣前後」と題した歌を十句残している。それは哀果を慕い、哀果の作品に学び、哀果の人柄に心酔した一人の男のまさに哀悼の歌であった。

「先生」と呼べど応えぬみ手とれば　まだ温みもちつ柔らかきみ手
覆いたる白布の下にみ目閉じし　み顔静けし　眠るにやあらん

亡骸をはなれて一人の部屋に居れば　喪服の客の　窓辺ゆき来す
ことことわの旅に出でます装束のま白き脚絆　履かせまいらす
カラカラと音するみ骨　箸もちて共に拾いつ　中野菊夫と
祭壇にすこし斜めを向く遺影　焼香の列を見向きたまわず
長き長き焼香の列に従いて　土屋文明杖にあゆみ来
葬儀終え　すでに人なき境内に　並べる供花見てまわるなり
式果てて帰り来し書斎　「清忙」の額あり　遺品となりてしまえり

善麿夫妻「一念」之塔

とりわけ次の最後の一句はまさしく哀果の生涯を見事に捉えた秀歌といえよう。

一九七七・昭和五十二年六月二十五日、夫人のタカが亡くなった。享年九十歳だった。哀果は浅草等光寺の一角に寿塔を建てその碑に戒名を受けず「一念」の二文字のみを刻んだ。哀果はその三年後の三月十五日に亡くなったがやはり法名も付けず婦人タカと「一念」の碑に眠っている。ここに引いた一連の歌作中、冷水茂太が遺した次の句は哀果を良く知り尽くした者でなければ現し得ない名句といえよう。

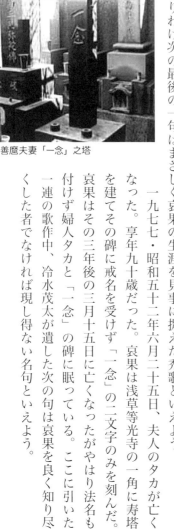

戒名をうけず「一念」の碑の下に
入りましにけり
おん名さえなし

Ⅳ章　哀果が編んだ初の『啄木全集』

啄木の遺志を継いで文芸誌『生活と芸術』を出した後に哀果は新潮社の佐藤社長に頼み込んで『啄木全集』の出版に成功する。ベストセラーになったこの全集によって啄木の名は一躍全国中に知られることになった。

善麿が編んだ啄木初の全集

一　初の『啄木全集』の刊行

1　函館立待岬啄木墓

哀果は啄木忌を節目節目に浅草等光寺で開いているが、肝心の遺骨は函館に持ち去られている関係から一度は啄木の眠る函館を訪れたいと願っていた。しかし、忙しくて東京からなかなか抜け出られない。しかし、『生活と芸術』を止めてようやく少し時間を取れるようになったので墓参を兼ねて北海道に行くことにした。

啄木の遺骨は郷里の渋民村ではなく函館の立待岬の一隅にある。委細は割愛するが啄木は生前、函館の苜蓿社の仲間たちに「僕は死ぬ時は函館で死にたい」と言っていたので啄木が亡くなった後、函館図書館長の岡田健蔵が浅草等光寺から啄木の遺骨を函館に持ってきて立待岬の一隅に仮墓を設けて葬っていた。哀果は浅草等光寺から運ばれた啄木が眠っている函館の墓のことが気にかからないはずがない。案内は岡田がしてくれた。一九一七・大正六年八月四日のことであった。

「ここです。」と岡田君の立ちどまつたところは、一ぽんの朽ちかけた墓標の前で、写真で見てゐたその啄木の墓がこれだ。墓標は六尺ばかりの角材で、消えかけた正面には「東海の小島の磯の白砂にわれ泣きぬれて蟹とたはむる」といふ一首が墨の跡だけ残つて、少し高く、木地には風雨のあとがはつきりと刻まれてゐる。我々の足のさきには月見草がひよろひよろと茎をのばして、黄ろい花が二三輪潮風にうごいてゐた。

（「墓標の前に立つて」『啄木追懐』）

岡田はいずれこの角柱の仮墓をもっときちんとした立派なものにしたいと語り、図書館で新築予定の設計図を見せた。それは当時新築中だった函館図書館を設計した技師塚本慶十郎が引いた設計図である。それは大理石で出来た大きな墓だった。「莫大な費用が要るのでその募金方法を考えている」と岡田は胸をそらせて言った。その言葉を聞いて哀果は違和感を抱いた。

僕は、そんな堂々たる墓碑を建立することに気が進まない。啄木の墓標はこの角材でいい。これが朽ちて、遂にわからなくなつてもいい。—地の底に白骨となった啄木は、もし彼自身死んだのだなと気のついたとき、あたまの上にひよろひよろと高い棒が立つてゐて、それの表面に麗々と彼自身のつく

現在の啄木墓

つた歌のかいてあるのを知つたら、馬鹿をするなよとでも言つて、そのセンチメンタリズムに苦笑するであらう。僕にはさう思はれる。まして、堂々たる墓碑が建立されると聞いたら、そんな金があるなら雑誌をださう位言ひさうである。—そんなことを考へながら、僕は連れの二人と一緒にだまつて　帰路をたどつてゐた。

（「同前」）

岡田が哀果に見せた大理石の設計は宮崎郁雨によれば建築中の図書館の予算一万六百円に対し、この墓は三千円で、とても容認出来ないと郁雨が断ると岡田はこれを縮小した設計図を書いてきたが、これも郁雨はうんと言わなかったため計画は頓挫した。私はこの設計図を見ようとして函館啄木会に文書で閲覧を申し出て許可を得たので図書館に出掛けた。ところが出された設計図は塚本慶十郎のそれではなく、塚本の門弟の岡田哲郎のものだった。この時期、塚本は外遊で西欧を廻っていたので岡田哲郎にお鉢が回っていたのである。その設計図では大理石ではなく基本はどの墓にも使用される石が使われており、中心が円柱で螺旋階段が付いた簡素なものだった。写真撮影が禁止になっていたので人様に見せられないスケッチしか残せなかったが、実際の墓はこれとは全く異なっている。どのような経緯で変わったのか分からない。

それはともかくとして哀果が描いた啄木像とは無縁の墓が作られようとしていたという事実は残っている。哀果は唯物論者だから墓とかメモリアルのような形式的遺物を認めなかったことは当然としても、そのことより哀果が心配したのは啄木像が時の経過と共に風化され美化されて実像が埋もれていきはしないか、という杞憂だったのではあるまいか。余談だが、現在の啄木の墓を隔ててすぐ隣に宮崎郁雨の墓が建っている。少し大きめの台石だが囲いも階段もない平凡な墓石である。

哀果が懸念したのは啄木の実像が歪められ誇張され神格化されて伝えられるということであった。実際に函館には啄木の生涯に相応しくない墓が作られようとしている。それも岡田健蔵のような実直で誠実を絵に描いたような人物ですら啄木の意に反するような行為に出ようとしていると哀果には思えたのだ。

函館を去る十三日、岡田は哀果のために宮崎郁雨ら有志を呼んで歓迎会を開いて別れを惜しんでくれたが、気になったのは啄木を必要以上に礼賛する雰囲気だった。彼等は善意に溢れた人々であり、文学を愛し啄木を愛している人々だが哀果は違和感を覚えるのだった。

帰京した哀果はある一つの決意を固めた。それは石川啄木という実像を後世に伝えるために出来るだけ早く啄木の著作をまとめて出版しようという事だった。今でこそ啄木の全集や類本が多数残っているが、この当時、啄木の作品は殆ど出されておらず、哀果一人が意気込んで世に送っただけだった。まして貧困と病魔に苦しみながら夭折した事実すら伝わっていなかった。このままでは啄木を直接知らない人間が勝手に間違った啄木像を作り上げていくかも知れない。そういう焦燥感すら抱いた。そのためにも先ず啄木の作品をきちんと伝えておく必要があると哀果は考えたのである。

2　哀果の『啄木選集』

北海道から戻った哀果は翌年八月に読売新聞社に辞表をだして辞めている。前年、哀果は読売新聞主催の京都―東京の駅伝を企画、その運営の責任者となって成功を収めるが初めての試みのせいもあってかなりの赤字をだしたらしい。このため社に居づらくなって辞めたというのが通説になっている。

哀果という人物はとにかく決断が早い。思いついたらたちまち実行に移す。そのいい例が『生活と芸術』の創刊と廃刊であろう。思いつくと即時に実行する、イヤになったらすぐ止める。そしてその言い訳は一切しない。読売新聞を辞めるときは夫人くらいには相談したかも知れないが社には辞表を一本書いてさっさと辞めている。

そのせいか時間が出来た哀果はちょうどこの時期、先にも述べたが、弟子入りを頼んできた橋本徳寿に自分は弟子を取らないといいつつ彼が持ってきた初めての歌集に助言を与えてその出版に付きあっている。また、読売新聞を辞めたあと労働者のために安くて栄養価の高いパン屋でもやろうかと思案しているところへ新潮社から「代表的名作選」の企画が持ち込まれた。このシリーズは島村抱月、生田長江、相馬御風、中澤臨川が編者となって次の作品が発行された。

第一編　国木田独歩『牛肉と馬鈴薯』／第二編　夏目漱石『坊っちゃん』／第三編　田山花袋『布団』／第四編　北村透谷『透谷選集』／第五、六編　島崎藤村『春　上・下二冊』／第七編　高山樗牛『わが袖の記』・樋口一葉『たけくらべ』／第八編　徳田秋声『爛れ』／第九巻　長谷川二葉亭『平凡』／第十編　泉鏡花『高野聖』／第十一編　正宗白鳥『何処へ』／第十二編　広津柳浪『今戸心中』／第十三編　岩野泡鳴『耽溺』／第十四編　詩壇六家『明治詩歌選』／第十五編　小栗風葉『恋ざめ』／第十六編　近松秋江『別れた妻』／第十七編　小杉天外『はつ姿』／第十八編谷崎潤一郎『お艶殺し』／第十九編　高浜虚子『俳諧師』／第二十・二十一編　森田草平『煤煙　上・下』／二十二編　正岡子規『花枕』／第二十三編　武者小路実篤『その妹』／第二十四編　長田幹彦『旅役者』／第二十五編　小川未明『物言はぬ顔』／第二十六編　川上眉山『ふところ日記』／第二十七編　上司小剣『髑の皮』／第二十八編　田村俊子『女作者』／第二十九編　真山青果『南小泉村』／第三十編　中村星湖『少年行』

そして第三十一編が石川啄木である。このシリーズは小B六の美麗堅牢版で平均一六〇ページ、新書版より小さく、通勤通学の途上での読書には最適で、定価は三十八銭。この頃は『生活と芸術』が十二銭、総合雑誌が四十銭だったから、多くの読者を得た。

しかし、おそらく哀果はこの企画には不満だったに違いない。というのは編者でもなく、自分の作品が取り上げられるどころか亡くなった啄木の作品を挙げてくれというのだから同世代の人間として不快感をもったのは当然であろう。しかも哀果にこのシリーズの巻頭にある「解題」すら書かせなかったからである。そこで哀果は編集部にねじ込んで「啄木選集編纂の後」という一文を巻末に掲載させた。感情を表に出さない哀果にしては珍しい行動だった。

ところでわざわざこの企画の一覧を掲げたのは外でもない。哀果はこの叢書を手にしてある手がかりを得たのではないかと思うからなのだ。というのは各巻末に新潮社が出している作品群の広告が載っている。この「代表的名作選集」はもとより、「現代自選歌集」（全六巻）「吉井勇著作集」（全三巻）「ツルゲーネフ全集」（全三巻）「新進作家叢書」（全十三巻）がそれぞれ一ページを取って紹介し、またモーパッサンなどの海外作家の単行本の広告を扱っている。

啄木編では『一握の砂』『悲しき玩具』『呼子と口笛』『我等の一団と彼』が収録されているが、哀果による「編纂の後」では「最も困難したことは（中略）それの全体を収めることは分量が許さない。しかし一部を選抄するとなれば、どれをどうといふことも出来ない」と不満を述べている。

先にふれた哀果の「手がかり」というのは新潮社の文芸方面の企画の充実さが一つ、いま一つは啄木作品をきちんと収める必要性があるという実感である。この両者を重ね合わせると啄木にとって必要なことは作品を一つに、それも単行本ごとではなく、一度に全部を収める全集しかないという発想だった。そしてこれを自分が編んで新潮社から出すことは出来ないか、というように着想は固まっていった。

幸い、新聞社の方は辞めたから時間はある。新潮社の佐藤義亮社長には歌会や社の取材で顔見知りだから一つここで掛け合ってみることにしよう、其の後の経過については省略するが、この時の哀果の力の入れ様は尋常ではなかった。往々にして「イヤ」という言葉を乱発する哀果だが、この時はむしろ、相手が「イヤ」になるまで粘りに粘った成果が佐藤社長に「イエス」と言わせたことであった。

そして出た真新しい全集は「代表的名作選」と同じ装丁箱付きで一冊およそ六百余ページで二円、全三巻は発売直後には店先に行列ができるほどであった。ある日、哀果は都電の中でこの全集を読んでいる若い婦人の姿を見つけた。苦労が報われる思いだったと回想している。

3　『啄木全集』の構想

啄木晩年の親友土岐善麿が渾身の力を込めて編集した『啄木全集』（全三巻）が一九二十・大正九年に刊行され、たちまちベストセラーとなり啄木の名は日本中に知れ渡った。私が古書店で手に入れた『全集』は初版だったが、一九二七・昭和二年には第二巻（詩歌）は三十九版になった（「作品出版史」『石川啄木事典』）というからその勢いは出版史上画期的な記録となった。この全集の書誌的意義について岩城之徳は「こうして世に送られた啄木全集三巻が彼への理解を全体的なものとし、その思想的芸術を一般民衆のものとしたといつて過言でない。

以後の全集はいずれもこれに基き、全集としての遺漏を補ったものである。」（『石川啄木傳』一九五五・昭和三十年　東寳書房）と述べている。

『全集』第三巻には金田一京助が作成した「石川啄木年譜」が収まっている。この「年譜」について金田一はわざわざ「はしがき」を寄せて「此の年譜は、必ずしも年譜といふもの〻形式になづまず《ママ》に、啄木傳の参考及修補にしたい考で書いたものです。」と注釈して従来の年譜にとらわれない斬新な意図を表白しており金田一の啄木への思い入れの程がにじみ出ている。

なお、重複するが、この全集刊行に先だって土岐善麿は啄木の遺稿の中から「我等の一団と彼」を自社の読売新聞に掲載し、その稿料を夫人に渡したり、さらに『啄木遺稿』（一九一三・大正二年五月　東雲堂）を編み刊行している。啄木亡きあと節子夫人から預かった遺稿、詩編三十五、散文詩五、評論感想十六を収めている。節子夫人の困窮ぶりをみて少しでも経済的な支援にするつもりで急遽出版にこぎ着けたものである。しかし、時代はまだ石川啄木を知らなかった。手にしてくれる読者は多くはなく夫人に届けられた印税は善麿の言葉を借りれば「零細な涙金」で節子夫人の苦境を救うにはほど遠いものだった。

大正八年僕は啄木全集出版のことを新潮社の佐藤義亮氏に請ひ、当時としては、まだ十分に啄木の真価が認められなかつたので、一種冒険的な出版を承諾してくれた氏の好意は、遺族と共に僕の忘れ難いところである。それから十年の後、現代文学の代表的集約の中に、彼の遺作の加へられたることは、啄木生前の不遇と対比して、彼の意図と希望との空しくなかつたことを喜ぶと同時に、その遺族が物質的にも幸福であり得る事情に就て、今昔の感に堪へない。（以下略）

（「遺稿の整理」『啄木追懐』一九四七・昭和二十二年　新人社）

啄木全集を出した新潮社の佐藤義亮が「一種冒険的な出版」をしたことについて土岐哀果はまた次の様にも語っている。「大正七、八年の頃、ぼくが与謝野寛、金田一京助両氏にはかつて『啄木全集』三冊刊行のことを持ち込んだとき、それはとても出版の可能性が考えられないといつて、はじめはしきりにちゅうちょされた。ぼくが、どうしてもこの親しかつた故人のためにまとめておきたいのだからと、たつてお頼みしたので、遂に、では、あなたの啄木に対する友情にめんじて出版してあげる、といつてくれた。それが意外にも重版、また重版ということになつたので、後年、翁は、あの出版ぐらい、じぶんの予想のはずれたものはなかつたと語つて、ホ、ホ、ホとわらわれたことがある」（「信義の人」『佐藤義亮伝』一九五三・昭和二十八年　新潮社）

佐藤義亮は小学校卒で印刷所に働く傍ら文学に関心を持つ読書家でもあった。彼の出版手法をみると埋もれている無名の作家を発掘することに主眼を置いていた。例えば田山花袋、小栗風葉、徳田秋声、島崎藤村、国木田独歩などは今では押しも押されぬ大作家に入っているが、その才能をいち早く認めて世に送り出したのは佐藤義亮のバックアップあってのことである。

一例を挙げよう。島崎藤村は作品を自費出版していた。と言っても身内に借金しての苦しい環境だった。その折、二十も若い姪といい仲になって妊娠させたことが世間に知られて日本にいられなくなって海外に脱出するため著作権を売って渡航費を作ろうといくつかの大手の出版社に申し入れたがすべて断られた。そこで最後に頼み込んだのがまだ立ち上げて間もない新潮社だった。話を聞いた佐藤義亮はあっさりと承諾して当時としては破格の二千円で著作権を買い取った。（村松梢風「佐藤義亮傳」一九五三・昭和二十八年　新潮社）この話は藤村のスキャンダルより前代未聞の高額な著作権の方に世間の目が向いて藤村はコトなきを得て著作に専念することができたという。当時読売新聞の敏腕記者だった土岐哀果はもちろんこの話を知っていたから佐藤義亮の姿勢に着目し出版の談判に自信をもって臨んだのかもしれない。

4『全集』がベストセラーに

『啄木全集』は大方の予想を裏切って大ベストセラーになった。

遅ればせながら私もこの『全集』を古本屋から取り寄せてみた。版型は文庫版、少し大きめな上製堅牢表紙で一巻『小説』六九一頁、二巻『詩歌』六六六頁、三巻『書簡・評論・感想』六四八頁、各定価五十五銭。「編纂」には与謝野寛・金田一京助・土岐哀果の連名。各巻冒頭に土岐哀果による「凡例」がある。これは単なる凡例というにとどまらず、啄木を直接知る哀果文芸の一環とみるべきもので、その格調高い紹介は読者の目を引いた。名文とされるその全文をここに改めて収録しておこう。

―第一巻―

一、故啄木石川一君の遺稿を集めて、こゝに啄木全集三巻を刊す。彼が二十有七年の短生涯における表現生活は、之によりて殆んどその全般を窺ふべし。

一、第一巻は小説を収め、第二巻は詩歌、第三巻は評論感想並に書簡等を収む。

一、遺稿は既に単行本となれるものゝほか、新聞紙雑誌等に登載したるものを整理し、又未だ公表せざりしものをも加へたり。

一、第一巻に収むべくして遂にその原稿を得ざりしは処女作『面影』及び『母』の二編なり。前者は明治三十九年七月に、後者は同四十一年五月に執筆したるもの。今何処にあるを知らず。

一、詳しき年譜は之を第三巻に附す。

一、櫻さく日、彼逝きて正に七たびの春を重ぬ。その愛妻もまた今や亡し。ただ、遺孤二人北海道に在りて養はる。代りて全集編纂の事に当り、生死明幽の感、新たなるを覚ゆ。

—第二巻—

一、啄木全集第二巻には長詩百三十余編、短歌約一千首並に散文詩五編を収む。

一、彼の生前単行本として刊行せられたるは詩集「あこがれ」及び歌集「一握の砂」の二種にして、歌集「悲しき玩具」は故人が病中その刊行を計り、死後書冊の形となれるものなり。

一、「あこがれ」は明治三十九年の刊行にして文学博士故上田敏氏の序詩並に与謝野寛氏の跋文あり、また扉の裏面には『此書を尾崎行雄氏に献じ併て遙に故郷の山河に捧ぐ』云々のデヂケェションあり。尚ほ故人が遺せる原本には処々鉛筆もて字句体裁に訂正を加へあり、本全集は主として之れに拠りたれども、故人が自ら抹殺し又は改作せんとして推敲幾而然かも遂に稿を定むるに至らざりし痕あるものは、皆原本のまゝに従へり。また原本には赤色インキもて故人自ら詩句に評点を施したるものあれども、本全集には敢て之を加へず。

一、「一握の砂」は明治四十三年の出版にして、藪野椋十氏の序文あり、デヂケェションとして『函館なる郁雨宮崎大四郎君、同国の友文学士花明金田一京助君に捧ぐ』云々と記し、『また一本をとりて亡児眞一に手向く』云々の文字あり。

一、「悲しき玩具」は明治四十五年六月に出版せられ、彼は既に二ヶ月以前に故人となれり。出版前後の事情に就きて土岐哀果氏の跋文を添へ、尚ほ短歌のほかに対話「一利己主義者と友人との対話」及び感想「歌のいろ〳〵」の二種を加ふ。

一、是等単行本以後の詩歌は彼の稿本を整理し或は当時の諸雑誌より集録して、補遺となしたり。短歌に於て多少の遺漏は免れ難からんも、故人が生前自ら選抄したるところを考量すれば、敢てその全部を網羅せざりしことの必ずしも故人の意に背くものにあらざるべきを信ぜんとす。

—第三巻—

一、啄木全集第三巻には書簡、感想、評論を収め、外に第一巻小説の部に入るべかりし一編を添ふ。

一、評論及び感想には尚ほ他に発表したるものも少しとせず、また地方新聞に寄せたる時事通信の如きをも聚録すれば更に数百頁を加ふべし。是等亦興趣なきにあらざるも、彼が生活を窺ふためには、こゝに収めたるものを以て敢て十分なるべきを思ひ、すべて割愛せり。

一、書簡に就ては特に貸与の厚意を寄せられたる諸家に対して衷心の謝意を表す。しかも、こゝに収めたるは実に故人が生前諸家に発したるものゝ幾百分の一に過ぎず。故人と親交ありし諸家にして、却つてその一通一片をすら保存せられざるもあり、また人物の月旦にわたりて氏名を挙げ思ふがまゝを書きならべたるために現存知名の諸家に或は累の及ばんことを虞れて、編纂者の取捨したるも少からず。編纂上の方針は故人が内外当面の生活における一種の自叙伝たらしめんことを期したり。
一、故人の日記は多年に亘りて堆く、記述細大を洩らさず、頗る価値多き資料なりしも、その没後、夫人節子また病を獲、遂に日記の全部を焼却して今影を止めず。その一部をもこの全集に収むる能はざるを遺憾とす。
一、啄木年譜は能ふ限り詳細確実ならんことを期したるも、尚ほ足らざる点多し。切に諸家の補正を待つ。
一、全集三巻の出版、こゝに全く業を終る、その間正に一年、櫻さいてまた故人の忌日に会ふ。編纂者を助けて今日あらしめし諸家に対し遺孤に代りて、重ねて感謝と敬愛の誠意を表明す。

この「凡例」は三巻とも土岐哀果の熱意のほどが伝わってくる歴史的資料となっているが、とりわけ第三巻の四項は大きな話題を呼んだ。一つには啄木が日記を残していたということ、二つにはその日記が焼却されて残っていないということである。

しかし、実際はこの日記の殆どが焼却を免れてある場所に保管されていることを読者が知るのはもっと後のことである。(詳細は拙著『啄木日記』公刊過程の真相』二〇一三・平成二十五年　社会評論社)

それにしてもこの全集の編集は哀果が誰の協力も得ず一人で行ったものであり、それだけでも膨大な作業であったろう。現在でもこのような全集を出版するには複数の専従スタッフと二三年の時間がかかるだろう。それを哀果はたった一人でこなしたのだから啄木への友情の深さと厚みのほどが伝わってくる。

哀果はこの全集を啄木の第七回忌（一九一九・大正八年四月十三日　浅草等光寺　午後一時半開会）の追悼会に間に合わせるつもりだった。しかし、この追悼会には数冊の見本刷りがかろうじて届けられたのみだった。その時の様子を哀果は次のように書き残している。

定刻本堂で読経、一同焼香の後、奥の広間で追悼談があつた。正面床の間の中央には六字名号の曼荼羅をかゝげ、右に故人の小照を安置し、台上には遺稿、その前に香華を捧げた。／そのとき、「啄木全集」全三冊のうち、第一巻の小説の部、見本が三冊だけ、いま製本ができたばかりといふので、新潮社から届けられ、一同はひとしく順々にこれを手にとつて、追想の情をふかくした。菊半截判で黒クロス表紙に赤箔で書名をあらはし、質実にして深刻な感触の装幀である。第二号は詩歌、第三巻は評論感想及び書簡を収め、編纂は主として僕が担当し、新詩社並びに「明星」のゆかりで与謝野寛氏の名義をもかゝげ、金田一京助君は年表を作つた。

（「七年忌」『啄木追懐』改造社　一九三二年）

この全集で金田一が担当した「年表」は後の各種の啄木選集や全集の基本や参考として重宝がられた。哀果と京助の友情はこれ以後、終生続いた。

5 一家の惨状

既に折々に触れてきたことであるが、啄木が国民的人気を勝ち得たもう一つの要因に啄木を取り巻く生活の悲劇があげられよう。その悲惨な生活が国民の同情と共感を呼んだからである。そして啄木の歌は啄木自身のドラマとして読み継がれて広い共感を呼んだのである。

亡くなる少し前の啄木の日記には「もう少しで十二時といふ時に、社の人々十七氏からの醵集見舞金三十四円四十銭を佐藤氏が態々持つて来て下すつた。外に新年宴会酒肴料（三円）も届けて下すつた。私はお礼を言ふ言葉もなかつた。」とあり、さらに翌日には「夕飯が済んでから、私は非常な冒険を犯すやうな心で、俥にのつて神楽坂の相馬屋まで原稿紙を買ひに出かけた。帰りがけに或本屋からクロポトキンの『ロシア文学』を二円五十銭で買つた。寒いには寒かつたが、別に何のこともなかつた。本、紙、帳面、俥代すべてゞ恰度四円五十銭だけつかつた。「いつも金のない日を送つてゐる者がタマに金を得て、なるべくそれを使ふまいとする心！それからまたそれに裏切る心！私はかなしかつた。」と心情を吐露している。

なんという悲哀の籠もったことばであろうか。この短い言葉の中にはいい知れない啄木の心

ない混ざってい
の深淵が表現されている。この時彼の脳裏には自らの死に対する予感と恐れが
なかっただろうか。

わが病《やまひ》の
その因《よ》るところ深《ふか》く且《か》つ遠《とほ》きを思《おも》ふ。
目《め》をとぢて思《おも》ふ。

北海道から引き上げて作家で身を立てようとしながら作品は思うように受け入れられずに収入は全く入らず朝日新聞の校正係の俸給で食いつないでいたがやがて病魔に襲われる。もともと頑健な身体ではなく十六歳で初めて上京した一九〇二・明治三十五年には無理がたたって倒れ父一禎の付き添いで故郷の渋民に戻って半年ほど療養、十九歳の時は盛岡で文芸誌『小天地』編集に熱中したせいか疲労で入院には至らなかったが一ヶ月ほど床に伏せている。二十歳の時の「徴兵検査」では「筋骨薄弱」で丙種合格、合格とは言っても格外で実際は不合格、兵隊には役立たずという烙印をもらって兵役を免除されている。当時で言うと「一丁前」の体力がなかったことの証明であった。

小樽時代の花園町の啄木の下宿は現在「たぢま屋」という寿司屋になっているが、同じ建物の一角が天口堂という姓名判断の占い師が入っていた。明るく気のいい性格で啄木の話し相手

だった。その彼が啄木の生命線を見て「畢竟するところ長寿とはいえず少なくとも五十の半ばまでは是無成ること断言して憚らず」と判じたことがある。啄木は「五十五歳で死ぬとは情けなし」（「十月十七日」『明治四十丁歳未日誌』）と嘆いていた。啄木は渋民で療養していた時分にも旅占い師を招いて占わせたり、また小樽時代にも野口雨情に占ってもらい「野口君手相を見る、其云ふ所多く当れり」（「十月十日」『明治四十丁未歳日誌』）というなど生命線にこだわっていた。

しかし、啄木を取り囲む環境は急速に悪化の一途を辿っていった。母カツも元々足腰が弱く丈夫な方ではなかったが一九〇九・明治四十二年六月一六日、北海道から宮崎郁雨の支援で東京本郷弓町の二階二間に啄木一家と同居して以来、夫人節子との葛藤や心労で塞ぎがちになり健康状態は日ごとに悪化していた。この年の日記の締めくくりは次の言葉で結ばれている。「家人の動静は、前記節子の出産及び産後衰弱の外、父は夏の頃を以て脚気に患み、母また著しく衰弱したり。而して猶且節子不健康の故を以てよく一家の事を処理されたり。予の健康も慨して佳ならざりき。京子一人頑健なり。」（『明治四十四年当用日記補遺』）

以後、一九一一・明治四十四年に入って一家の推移は悲惨の一語に尽きる。先ず、啄木が二月、慢性腹膜炎で入院、手術後高熱にうなされ快復後退院し一時回復するも七月にはいって高熱再発。節子夫人は七月下旬肺尖突加答児《カタル》と診断。育児家事は母カツにかかる。二階の居室から階段を降りて洗面、炊事、料理のため足腰がおぼつかない老母。窮状を知った宮崎郁雨が一階の借家に移転の費用を出し、小石川久堅町の一軒家に移転。翌年一月母カツが肺結核による喀血、医師の見立ては「重症」。京子を除く全員に伝染。三月七日母カツ死去、享年六十五歳。四月十三日、啄木自身が死去。

先に述べた朝日新聞の見舞金は啄木一家の窮状のさなかの貴重な差し入れであり、そういう環境のなかでの啄木の神楽坂への外出だったのである。いわば人生最期となったこのショッピングの四円五十銭は啄木が使った最期の〝浪費〟となった。

6　波及効果

少し回り道をしたが土岐哀果らの努力で『啄木全集』全巻は版に版を重ね驚異的な売れ行きを示した。全集刊行八年後の一九二七・昭和二年には第二巻は三十九版までいったという。（国際啄木学会編『石川啄木事典』二〇〇一年　おうふう）これに伴って幾つもの波及効果が生まれた。第一は石川啄木という存在が日本中に広まったことである。それまで一部の文学愛好家にしか知られていなかった啄木の名は全国に浸透し、その成果は大人だけでなくこどもたちまで及んだ。小学生が登校する途中で啄木の歌を高唱したり、新聞配達の少年まで啄木の歌を歌いながら配達しているという話題が日本中に巻き起こった。啄木の歌は世代を超えて愛されたし、また啄木の歌は国民すべての階層の人生を代弁し反映する舞台ともなった。それに二十六歳という若さで逆境と闘いながら亡くなったことも同情を集めた。

波及効果の第二は全集という出版の有り様を変えたということである。それまで全集といえば大作家の〝遺産〟や〝記念碑〟の文化的事業とみなされ、経営基盤の堅固な大手出版社が採算をあまり考えずに出版社の看板や地位を顕示するための事業であった。ところが啄木の全集はこれとは全く反対に無名で、しかも実績も知られない若者である。従来の慣行やしきたりを無視したこの企画が大当たりするとはさしもの佐藤義亮も予想しなかった。土岐哀果という人間を信頼していての大博打だった。それがとんでもない逆の成功を収めたのだった。この意味で言っても全集は大家の看板事業という概念を覆し意義は大きく、啄木の全集の成功は出版界のこれまでの通念を一変させたと言っていい。ただ、現在はそのありようもかなり変わってきて多くの全集は本人や遺族の出費によって賄われているのが現実である。

そして第三にこの全集によって最も大きな恩恵を蒙ったのは当然のことながら出版を決断した新潮社であるが、いま一つは啄木の遺族たちだったということである。生前は目を覆いたくなるほどの過酷で悲惨な生活を送った啄木一家を支えた金田一京助や宮崎郁雨らの献身的友情に救われる思いをしたが全集が売れたお陰で遺族は啄木の人生の二の舞を踏まずに済むことになった。

この全集で入ってきた印税について土岐哀果は岩手から函館に移っていた節子の実父堀合忠操と啄木と無二の親友であり精神的、経済的支援者であった金田一京助二人にこの件について相談している。文学的才知のみならず哀果は経済的な問題でも実に適切な処理を行っている。

「印税がはひつた時、金田一京助君に、石川君の借金はどうでせうと相談したら、蓋平館のは、わたしが受印を捺してあるので、閉口してゐます、といふことだつたから、協議の上百円だけそこの主人に送つた。蓋平館では意外に思つたらしいが、啄木も死んで、初めて借金の一つがぬけた。そして金田一君に迷惑をかけた一部も帳消しとなり、ここにその多年の友情にも報いることとなつたわけである。」（「晩年の家計」『啄木追懐』）一九三二・昭和七年　改造社のち同題で一九四七・昭和二十二年　新人社から「諸著の序跋」を除いて再出版）とごくあっさりと述べているのが印象的だ。この件については哀果は他に回想や原稿を残していない。しかし、実は土岐哀果はこの件では裏方として遺族関係者に細やかな配慮と処理に当たっているのだ。それは節子夫人の岳父堀合忠操が残した一通の手紙によって明らかにされている。

堀合忠操は一時陸軍士官学校中退後、岩手郡役所兵事係主任を経て退職後は渋民村に近い玉山村村長のあと一九一一・明治四十四年、函館に移転、地元で漁業水産関係の会社を経営した。啄木が亡くなったあとは節子と遺児二人を引き取り育てた。啄木とはあまりそりが合わず節子の結婚後は一度も会うことはなかったが人情味の厚い人物として函館にもなじんでいた。啄木が義絶までした堀合家に後々まで面倒をかけたのだから皮肉な結果だった。

7　哀果の手紙

その忠操の元に一通の手紙が届いた。日付は一九二四・大正十三年六月二十三日。差出人は土岐哀果である。この手紙は現在見つかっていないが堀合忠操が啄木の父石川一禎（当時は京都に在住）にあてたものが宮崎郁雨の助言で複写をとり函館図書館の啄木文庫に所蔵されているものである。この手紙は三千字を越える長文でその骨子は自分が預かっている啄木の遺児京子が地元の函館タイムス記者須見正雄と恋愛関係になり結婚したいと言っているので一禎にどうすべきかを諮ったもので、いわば印税のことはむしろ付け足しで触れている。堅物の忠操の狼狽ぶりが目に浮かぶようで実に微笑ましい書簡だ。しかし、ここでは印税関係に絞って紹介しよう。

東京朝日新聞社員にして一君の友人土岐善麿君は其の卓絶したる詩文を世に公にせん為め啄木全集なる書籍を発刊し其の印税を孤児二名の教育費及結婚の用途に充スべく無報酬にて数年前より蒐集編纂に心血を注き刊行の後其印税を再度二千八百円送金教育費其他に充ツへき旨を附し保管方嘱托相成候に付其内二百円丈従前よりの行掛り上両名の教育費に向け費消し残り弐千六百円は之を第一銀行に預金に置きたりし而して今ては其の利子ハ教育費の半額位の収入ありて大に自分も助かり居候土岐氏の好意は深く感謝し居りて年々一回若しくは二回十円前後の水産物を贈呈致し居ります此の二千六百円は決して手を付けずに結婚の時の用途と一家再興の資等に両名等分に充つべく保管致し置き申候若し其際使用残余ある場合は各々に手渡すべく計画を立て置き間御承且つ御安心被下度土岐氏の友情の薫

はしき申迄もなきことなるか畢竟するに一君の徳此所に至らしめたるものと一層感じ居候
（堀合了輔『啄木の妻節子』洋々社）

誰しもが思うことだが生前の啄木にこれだけの印税があれば病魔と闘いながら必死で出そうとした文芸誌『樹木と果実』も出せたし、病んでいる母カツを入院させることもできたし、体調を崩して苦しんでいる節子のために女中を雇ってやることもできたであろう。そして何よりも天賦の才能を活かして日本の文芸界に果て知れぬ貢献をしたに違いない。

唐突かも知れないが、啄木は愛煙家だった。おそらく盛岡中学時代にはこっそり隠れてタバコを吸っていたように思う。野口雨情もタバコ好きで片時も口から離したことがない。しかし、啄木と違うのは雨情にはタバコを切らさないだけの小銭に不自由はしなかった。啄木が札幌で雨情の下宿に初めて行って、女中に案内されて部屋に入り真っ先に目に止まったのは机の上に置かれたタバコである。襖を開けて入ってきた雨情が聞いた啄木の最初の言葉は「一本貰いました」だった。

愛煙家にとってタバコは地上の何よりの贈り物らしい。だから彼らにとってタバコのない生活は考えられず耐えられない苦痛をもたらす。「起きたのが八時、巻煙草がない。十二時迄はその事許り考へて、立つて室の中を歩いたり、腰かけて窓をあけてみたり許りした。昼飯を喰つてから到頭、羽織と肩かけを持つて質に入れ、煙草と、机（七十銭）をかつて来た。（「六月十九日」『明治四十一年日誌』）「起きたが、煙草がなかつた。一時間許りも耐へたが、兎ても耐へきれなくなつて、下宿から傘をかりて古本屋に行つた。三十五銭えて煙草を買つて来た。」（六月二十九日」同前）

何《なに》もかもいやになりゆく
この気持《きもち》よ。
思《おも》ひ出《だ》しては煙草《たばこ》を吸《す》ふなり。

この歌は『悲しき玩具』に収められている。いうまでもなくこの歌集の稿料はすべて彼の薬餌に変わるはずだったが。それを手にすることなく啄木は逝ってしまった。

二　哀果以降の『全集』

1　改造社の『全集』

土岐哀果が苦労して世に問うた『啄木全集　全三巻』の売れ行きがほぼ落ち着いて、しばらく経った頃、新たな「啄木全集」の話が出版界で囁かれ始めた。この時期、土岐哀果は朝日新聞特派員として世界一周の途中であったのでこの話は土岐哀果に届いていなかった。このことが後で著作権をめぐるトラブルの原因になるのだが、それは後で話そう。

先に書いた堀合忠操が啄木の父石川一禎に出した書簡は実は印税の話は二の次で本旨は啄木の娘京子が函館タイムスの記者に熱を上げて結婚させてくれと養父の堀合忠操に言い出したために忠操は祖父に当たる一禎に相談しておかねばならないと重い筆をとったものだった。啄木に関してはほとんど蚊帳の外にいた一禎に口を挟む権利はなかったが律儀な忠操はきちんと筋を通すために一筆したのである。当然、一禎には異存はなく承諾の返事をだした。そして京子は一九二六・大正十五年五月十七日に地元の新聞記者須見正雄と結婚式をあげ披露宴は二十日、函館の老舗料理店五島軒で行った。

京子の相手須見正雄は石川姓を名乗り啄木の後嗣となり玲児、晴子の二子をもうけた。この頃は啄木の名は全国区になっていたから須見正雄にとっては重荷になっただろうがマイナス面ばかりでもなかった。あるとき、金田一京助の紹介状を持って東京から来たといって一人の男が正雄の家にやってきた。名刺には「改造社社長秘書　高平始」とあった。新聞記者をやっていたから改造社の名は正雄も知っていたが、その幹部が直接やってきたのでいぶかったが金田一京助の紹介状をもっていたので会ってみることにした。

ここで話は少しさかのぼる。土岐哀果の編んだ『啄木全集』がブームを呼んで一段落した大正期に新しい出版社が誕生した。大正八年創業の改造社である。大正デモクラシーの社会風潮をうけて日本の思想界は社会主義や共産主義が主流となり出版界もその流れに乗り長谷川如是閑、堺利彦、大杉栄、河上肇、山川均などといった論客が論陣を張り相次いで著作を発表していた。啄木や哀果が出そうとしていた『樹木と果実』はその先陣的役割を担っていたといってよい。改造社はより鮮明に社会改造や改革を唱道する方針を掲げ、雑誌『改造』を創刊し多くの読者に読まれていた。また社長の山本実彦が一九二六・大正十五年に『現代日本文学全集』を企画、刊行したところ大当たりした。折も折、この年の関東大震災で関東では多くの書籍が灰燼に帰した。読者が渇望する書物をいち早く提供しようと菊版五百頁、三段組、一冊一円。また本文は総ルビつきというのも売りだった。出版されるや店頭には長蛇の行列ができた、あっという間に版を次々と重ねた。改造社はこの企画で盤石の経営基盤を作った。

目鼻の利く山本実彦がこの全集の中に石川啄木の作品も入れようとしたのはけだし当然の判断だったと言えよう。函館に住む啄木の娘婿石川正雄が東京からやってきた改造社の編集者の訪問を受けたのはこの前後のことだった。社長秘書の名刺を正雄に渡して、『現代日本文学全集』の見本と広告のパンフレットを見せながらこう切り出した。「この全集に啄木の作品を是非収めさせてほしい」という趣旨である。啄木の娘京子と結婚している正雄にとって義父啄木のことで訪問を受けたのはこれが初めてである。それでなくとも啄木の大きな遺影を背にした重圧を正雄はひしひしと感じていたが、こうして実際に具体的な話が持ち込まれたのは初めてである。おまけに金田一京助という高名な学者からの紹介状もついている。新聞記者として人と会って話を聞くことに慣れっこになっているとはいえ啄木に関わる初めての重大な案件だったから正雄の緊張のほどが察せられる。

この時のやりとりを正雄はかなり詳しく記録している。（「啄木を掠めた改造社」『人物評論』一九三三・昭和八年五月号）それによれば改造社の高平始が用意してきた契約書を示し正雄の署名捺印を求めた。正雄もこの方面の知識に自信がないのでさっさと判を押して済ませてしまおうと思っていた。ただ印税について改造社が十％というので正雄はちょっととまどって言葉をはぐらかした。すると高平は「まあ、急ぐこともありませんから明日また話あいましょう」といって席を立っていってしまった。そして翌日やってきて「あれから東京に電話して社長と相談した結果、今回の印税は二十％でいいということです。社長はいずれ啄木だけの全集を出したいと言っています。その際、新潮社との関係もありますのでその時はひとつお骨折り頂けませんか。」つまり印税を十％上乗せするかわり新しい全集を改造社から出すという取引を持ち出してきたわけだ。また高平は新潮社の全集の版権はあと数年で無くなるからウチが新しい全集を出せば更に二十年、版権を守ることができるとも付け加えた。当時は我が国の著作権の考え方は立ち後れていて国会の審議も十分でなく出版社のいいなりというのが実情だった。この話を聞いた正雄はいやも応もなくさっさと契約に応じてしまった。東京に戻った高平は山本社長に「いや啄木の跡継ぎというから緊張しましたがなんていうことありません。版権のハの字も出ませんでしたよ。」と報告した。山本は「それじゃ新潮社からごちそうをいただくとしようか。」といって改造社版『啄木全集』のチーム編成を部下に命じた。

2　吉田孤羊の登場

こうした経過の中で登場するのが吉田孤羊である。孤羊は青年時代に啄木の歌に出会って以来、啄木の虜になった。地元の「岩手毎日新聞」に入社、この時の編集長が岡山不衣（儀七）で、盛岡中学時代、啄木が一学年上にいて一緒に文学活動をしていたことを知った孤羊は啄木についてあれこれ聞き出し、あまりの熱心さに岡山は啄木の手紙を行李の底から取り出して持ってきたり、関係者の紹介状を書いたり協力を惜しまなかった。また孤羊自身も自分の足で啄木に関する取材を始めた。

> 初めて渋民村に出かけて地元の人々の話を聞くと「石川ずう（という）人はよくない人でがんした」「あの寺のデンビ（おでこ）息子のどこがえらいってです」といった調子だ。私はベソをかきたいのをがまんしながら、談話を書きとって歩いたものである。」
> （「啄木への病みつき」『毎日新聞』一九六一・昭和三十六年四月十三日）

孤羊は功成り名遂げたレベルでの段階ではなくまだ無名の頃からの啄木への取材から始めて

いる。そしてまだ東京以外では初めてと思われる「啄木追悼会」を一人で奔走して一九二〇・大正九年四月に盛岡の願教寺で開いている。この時に与謝野夫妻や金田一京助、土岐哀果らから激励の手紙が寄せられて感動したが、これは岡山編集長が孤羊に知らせず案内状を送ったからだった。

やがて孤羊は「岩手毎日」を辞め上京、政友会の機関誌「中央新聞」学芸部に勤めた。ここには後に「大阪新報」で活躍し、後に「朝日新聞」に移った松崎天民などがいたが、やがて不況のあおりをうけて全員解雇となって失意の日々を送ることになった。そういう環境のなかでもそれまで集めた啄木関連の資料の整理は諦めずに続けていた。

一九二七・昭和二年五月下旬のある日曜日午前十一時頃、孤羊の貧相な下宿に一人の訪問者があった。なんと金田一京助である。孤羊は上京してから何度か本郷森川町の金田一家を訪れて啄木に関する話を聞かせてもらっていた。時に金田一が全く知らない話をするので心を許した金田一は「いつでも話にきてください」と言ってくれたからである。このころ金田一は東京帝国大学文学部の助教授になっていて多忙だったが孤羊が訪ねると喜んで話に乗ってくれていた。しかし、金田一のほうからやってくるようなことはなかったから何か不吉な予感がした。しかし、それは全くの杞憂であった。それどころか啄木全集を出す手伝いをしてくれないかという願ってもない話であった。

「改造社という出版社が新潮社からでた『啄木全集』の版権を買い取り、新しく全集を出したいと言ってきたが私はいま大学の仕事が忙しくてとても協力できない。そこで、あなたさえよければ、この仕事を任せたいと思ってやってきた。土岐哀果君も同意している。」という。思ってもみなかったこの話を断る理由はまったくない。この話の途中で皇居内の大砲がドンと鳴って正午を知らせた。孤羊は傍らに坐っていた夫人に昼餉の合図を目配せると金田一は「ああ、お昼なら来る途中註文してきたから」とこともなげに言った。「妻はお茶をいれかえに立ったままで、台所の入り口で横を向いて眼をおさえ、私は私で、うめきたくなるような衝動を我慢するのに精いっぱいであった。」(前同)

孤羊はこの恩返しに気迫で応えようと懸命に企画を練った。それには新潮社以上の魅力ある全集でなければ金田一に顔向けできないという責任感とようやく長年憧れた啄木研究を自分の手で仕上げることができるという充実感とで身体が震える思いであったに違いない

改造社の山本実彦に挨拶にゆくと山本は「金田一先生のお墨付きだから一切君に任せるがその前に一つ条件がある。それは君をうちの正社員として迎えて存分に仕事に専念してほしい。それでいいかね。」嫌も応も無い。浪人の身分だからこの申し出はむしろありがたい、と一言で快諾した。このことが後に孤羊に不利に働くがこの時は迷わずにこの条件を飲んだ。その代わり孤羊は一つの条件をだした。それは資料収集のために北海道に行かせてもらうというものだった。山本社長は「わかった。今度の全集に必要なら喜んで認めよう」とすんなり話がまとまった。

この時の孤羊の旅程を調べたことがあるが一九二七・昭和二年十一月二十二日から十二月二十五日までのおよそ三十三日間、青函連絡船や列車に乗っている時間以外は全く無駄の無いスケジュールを組んで函館、小樽、北見、釧路、札幌を回っている。この間、必要な人間に会い、見たかった資料を確認しリストを作成した。超がつくほどの強行なスケジュールだった。この時孤羊は二十五歳、若さと啄木への飽くなき探究心がなせる技だったといえよう。

なんと言っても最大の収穫は函館図書館長の岡田健蔵と会って信頼関係を築けたことだった。なにしろ岡田は東京浅草の等光寺に置いたままになっている啄木の遺骨を節子夫人の遺言だと言って寺と掛け合って一人で函館に持ち帰り図書館の棚に保管するという荒技をやってのけた硬骨漢である。この間の経過はかなりこみ入っているので省略するが孤羊はこの岡田が宮崎郁雨の親友であることを知っていて一筋縄でいかないと思っていたからこの成果は大きかった。とりわけ幻とも焼却済みともされていた啄木日記に最も近い人物がこの岡田だった。岡田との信頼関係ができたことによって孤羊は誰もがなし得なかった啄木の日記に近づくことになった。

ともあれ作業は順調に進んだ。先ず一九二八・昭和三年に『現代日本文学全集45　石川啄木集』（新潮社版『啄木全集』の抄出版　序文は土岐哀果が執筆）次いで『石川啄木全集全５』は一九二八・昭和三年十一月から翌年三月の間に出た。

ほどほどの売れ行きだったが新潮社版ほどには達しなかった。とは言ってもそこそこの売れ行きだったため改造社は孤羊を使って啄木の文庫版や新版などを作らせ、一九三八・昭和十三年には『新編石川啄木全集全10』を出した。いずれも編集は孤羊で印税は全部改造社に入り孤羊に出るのは他の社員と同じ俸給のみだった。

3『啄木日記』の刊行

ここでちょっと触れておきたいことがある。それは啄木の印税と著作権のことだ。哀果編の『啄木全集』はベストセラーになって生前に啄木が未払いの膨大な借金返済と遺族の京子に渡された。ただ、この時点で京子は函館で新聞記者をやっていた須見正雄と結婚していたので後嗣となった石川正雄の手に委ねられた。正雄はこの金を利用して演劇研究の名目でフランスに渡ったが得ることなく帰国し、以後は啄木の後嗣として様々な啄木関連の出版を手がけた。

新潮社版『全集』では遺族に多額の印税が入り、啄木が世話になった下宿の未払い分も返却できたが改造社の場合は売れ行きもあまり伸びなかったせいもあり、あまり話題にならなかった。しかし、著作権を引き継いだ啄木の後嗣石川正雄にとっては甚だ迷惑千万な事態が持ち上がっていた。というのは改造社が石川正雄と印税と著作権の交渉の結果、これらを一括して改造社が買い上げ方式で正雄と手を打ってしまったからである。改造社は全集や文庫版の印税を石川家に払わずに済むように仕組んだのである。石川家を引き継いだばかりか、それも不慣れな印税や著作権という未知の世界で改造社はまんまと当主正雄を謀ったのである。それでも二八〇〇〇円という一時金を手にした正雄は身重の京子夫人を残してフランスに渡り約半年間の〝遊学〟を楽しんできた。

朝日新聞特派員として世界一周の取材を終えて日本に帰った土岐哀果がこの経緯を知って改造社に激怒し弁護士団を作って山本社長を糾弾し追い詰め、買い上げ方式を撤回させた。それのみならず土岐哀果は啄木の日記を今後一切公開しないという新しい一項を山本社長に認めさせ公式に文書として作成、一九三三・昭和八年十月二十日に押印署名させたのである。これで印税は石川家にはいることになったがこの文書に哀果は、次の一項を強引に入れさせた。「今後啄木ノ日記ハ絶対ニ発表又は出版セザルコト」もっと重要なことはこの一項によって啄木日記が所在の有無に関わりなく封印されることになったということである。言い換えれば印税は遺族のみが関わる問題だが、啄木の日記に関しては出版は罷りならぬというわけである。

しかし、考えてみれば啄木本人や節子夫人がこういう決定をするのであれば問題はないだろうが土岐哀果は第三者の人間である。いくら親しかったとはいえこのような案を決定する権利はないはずである。それを知りながら強引に山本社長に認めさせたというのは別に深い理由があったと考えるのはあながち的外れではあるまい。

啄木が亡くなって身重の節子夫人が遺された。啄木が亡くなる直前にその身の回りの世話をしたのは丸谷喜市であった。函館出身で宮崎郁雨と同級、一橋大学入学、晩年の啄木と親好を交わした。啄木は丸谷に全幅の信頼を寄せて自分が死んだ後、日記の焼却を口頭で頼んでいる。

金田一や土岐ですらこのことは知らなかった。ところが啄木がなくなって葬儀を仕切った丸谷は翌日には徴兵検査のため函館に飛んで帰った。徴兵検査がなければ几帳面な丸谷喜市は日記を自分の手でためらうこと無く焼却しただろう。兵役を終えた丸谷はその後アメリカに留学し帰国した時には日記はいくつもの試練に耐えて函館図書館の岡田健蔵が保管していた。

話は前後するが土岐哀果が自ら編纂した『全集』第三巻の凡例で日記に関して「夫人節子また病を獲、遂に日記の全部を焼却して今影を止めず。」と書いたのは一九二〇・大正九年四月上旬のことだ。ところが哀果はその三年前の八月、函館を訪れ岡田健蔵に会って啄木の墓や節子夫人の侘び住まいなどをまわっている。そして札幌から戻った後再び函館に立ち寄っている。この二度の訪函中、啄木の日記について二人が話題に挙げた可能性は非常に高いと思う。そこで二人はこの日記を公開や出版すべきでないという点で意見を一致させたのではあるまいか。二人にとって啄木の遺志を遵守することがすべてに優先したからである。したがって哀果の日記に関する凡例の言葉は日記の存在を知っていたからこそ「焼却」を協調したように思えてならない。

このことで最も深刻な煽りを食う結果になったのは新たな全集の編纂に当たっていた吉田孤羊である。孤羊は函館図書館の岡田健蔵に信用されて日記の存在を確認したばかりか非公開ながら閲覧を黙認された機会を逃さずこれをこっそり筆写し自分の編纂する二度目の『全集』(刊行は改造社　一九三一・昭和六年)に収録するつもりだった。そうすれば「全集」としてこれまでにない画期的な内容となり大当たりになることは確実だった。ところが哀果の強引で巧妙な手法に因って「日記」に関する条項を設け「絶対ニ発表又ハ出版セザルコト」を山本社長に認めさせたために一社員である吉田孤羊はこの命に背くことはならず日記収録を断念せざるを得なくなった。地団駄踏んだ孤羊は秘かに「東京日日新聞」(一九三一・昭和六年七月二十八日、学芸欄)に日記の存在とその一部をリークして世間を騒然とさせた。しかし、この騒動のお陰でこれまで存在しないとされて来た日記が残され、しかも函館図書館に保管されているという事実はやがてこの公刊を求める動きに発展し、いくつもの難関をくぐり抜けて啄木の後嗣石川正雄の判断で一九四八・昭和二十三年『啄木日記』(全三巻　世界評論社)から出版される。『日記』の公刊は啄木研究を進化させたのみならず、啄木の文学的地位を一気に押し上げた。本書で取り上げないが、いわゆる「小樽日報」事件でもこの日記が無ければ真相に近づくことは不可能だった。この意味でも啄木の日記の存在は様々な方面で生きているというべきだろう。啄木は薄命にして亡くなったがその文学的生命はいつまでも生きながらえることになった。

4　新たな『啄木全集』への期待

石川正雄の英断というか独断で幻の『啄木日記』が出されるや出版界はこの『日記』を収録した新たな『全集』出版のを目指して各社がしのぎを削った。

戦後になって出版された啄木の『著作集』と『全集』を見ると次のようになっている。

1　石川正雄編『啄木全集　全二十五巻』金田一京助校訂
　　河出書房　一九四九・昭和二十四年
2　古谷綱武編『石川啄木集　上・下』　新潮社　一九五〇・昭和二十五年
3　創元社編『石川啄木作品集　全三巻』　創元社　一九五一・昭和二十六年
4　斎藤三郎編『啄木全集　全十七巻』　岩波書店　一九五三・昭和二十八年
5　渡辺順三・石川正雄編『新編石川啄木選集　全七巻』
　　春秋社　一九六〇・昭和三十五年
6　金田一京助・土岐善麿・石川正雄・小田切秀雄・岩城之徳編『啄木全集　全八巻』
　　筑摩書房　一九六七・昭和　四十二年
7　金田一京助・土岐善麿・石川玲児・小田切秀雄・岩城之徳編『石川啄木全集　全八巻』
　　筑摩書房（新訂増補決定版）一九七八・昭和五十三年

七冊目の編集委員にある石川玲児は石川正雄の子息で正雄の死去（一九六八・昭和四十三年没）にともない列席したものである。これらのうち一貫して『全集』完成をめざした筑摩書房が最終的な編集の実を握って啄木遺稿を蘇らせたことになる。

しかし、現在に至って見るといくつかの不備、不満が見出されることは否めない。

第一はこの全集の文庫化がなされていない、ということだ。その理由は明らかにされていないが版権を有する筑摩書房が文庫化を進める気がないからだろう。あるいは編集委員のなかに文庫化を認めない者がいるのか、あるいは新しい編集員の選出をめぐる内紛があるのかも知れない。いずれにしても啄木文芸を読みたいという読者には迷惑な話であることには変わりない。

第二は第一次資料を厳格にし過ぎたため、二次的資料が除外されている、ということである。たとえば第八巻は編集委員の小田切秀雄がその「解説」で明言しているように「別巻」扱いである。しかし、その内容は啄木を側面から知ろうとする者にとって有意義で貴重な補足資料ばかりであり、どうせ別巻扱いにするのであれば、これをもっと拡充充実させて独立させた「第二次全集」として編むべきものである。その上、この全集が出てから三十有余年の歳月が流れている。

第三に少し唐突な指摘になるかも知れないが、毎巻に執筆されている小田切秀雄の「解説」が冗長で的外れな小田切の私感で埋められているということだ。監修や編集上の経過や資料収集の具体的作業には全く触れず自己主張のための個人的論文を毎巻無理矢理読まされ続けては叶わない。その無駄な誌面があれば別の未収の資料を補填すべきであろう。一例だが、啄木の晩年の貧窮ぶりを示す「金銭出納簿」はこの八巻には入っておらず岩城之徳の別の論考集に入っている。これについて岩城は遠慮がちにこの全集にいれたかったが編集内部の反対で実現できなかったと言って別の論文集にいれている。「誰」かは指摘するまでもなく自ずからはっきりしている。

第四に函館図書館に保存されてる文献の復刻や一般公開の制約を再検討すべき、ということである。かくいう私も何度かこの文庫に世話になったが、今はどうなっているか問い合わせたことはないが、私が世話になったときはこの文庫の利用には創立当時の岡田健蔵館長の基本方針に従っているというが実際には〝文庫顧問〟の岡田某と宮崎某の許可がなければ一切の文庫の資料は動かせないということであった。だから函館図書館や同文学館ですら何らかの啄木に関する展覧を催す際にはこの両人の許可をえなければ一枚の資料といえども動かせないということだった。既に述べたが、私はこの文庫にある新設した「石川啄木一族之墓」の設計図の閲覧を申し出たことがある。すると事前に依頼書を文書で出せといわれこの許可に十日以上かかり、函館図書館に出向いたら個室の閲覧室に案内されて持参した筆記類やカメラは使用禁止だった。現在の啄木墓は二種類の設計図があるはずだが出された設計図は一種で、しかも模写は持参したノートが取り上げられているので図書館備え付けの貸し出し用紙の裏面を使うしかなかった。時間制限はなかったものの職員の監視付きである。資料保全の重要性はわかるがあまりの細かな規制に懲りて以来、文庫を訪れたことはない。

余談だが冷水茂太は二度、函館の啄木文庫を訪れている。一度目は冷水が『啄木遺骨の行方』（永田書房　一九六八・昭和四十三年）を出した直後のことで、この本は函館の岡田健蔵が浅草等光寺に眠る啄木の遺骨を強引に函館に持ち帰ったという一件を批判的に書いたもので私も此の書を読んだとき岡田や宮崎郁雨らに対する厭味な評論のように思えて不快感を覚えた印象がある。冷水がこの図書館を訪れたのは岡田健蔵の令嬢が同図書館の館長をしていた時である。この時、冷水茂太は新館長に啄木愛好家だとだけ名乗って正体を明かさなかった。どこかに引け目を感じていたのだろう。二度目はその十一年後でこの時は岡田館長に名刺を渡して名乗った。すると館長令嬢は椅子を勧めて歓迎してくれたという。「啄木資料室の戸棚の中には、あらゆる啄木研究書が集められてあった。その中には私の著書も二、三冊ならんでいた」(「立待岬再遊」) とさりげない感想を洩らしているがこの当時、冷水には啄木と哀果に関する著書が十数冊出版されていたわけで「二、三冊」というのは心外だったかも知れない。以来、冷水の函館観はあまり変わっていない。

最後に、改めて第三次の『啄木全集』の出版が望まれる、ということである。とはいってもこれは並大抵なことではない。なによりこの大事業を引き受けてくれる人物がいるだろうかということ、また全集は莫大な費用を要する。出版不況の現在ではこの事業を引き継いでくれる出版社はないだろう。

そこで考えられるのは「青空文庫」的な電子書籍による全集化である。全国からこの事業に共鳴する人材を集めて編集委員会をつくり、電子化による全集編纂を考えてはどうだろうか。具体的なことはボランティアによる編集委員で検討していくことにして無償で編集にあたり、無料の全集づくりに取り組む体制を構築できないだろうか。

啄木は私たちに多くの夢と希望を与えてくれた。せめてものご恩返しとして新たな「電子啄木全集」の夢を追い続けたい。

あとがき

本書は土岐哀果が啄木の遺志を継いで親友の石川啄木の遺稿を『全集』として世に送った過程をまとめたものである。そして哀果はこの『全集』を出して間もなく雅号「哀果」を廃して「善麿」という本名で作品を発表するようになった。

哀果は啄木が亡くなってから七十年も長く生きて数多くの業績を残した。したがって「哀果」を使った時期は僅か十数年に過ぎない。言い換えれば結果的に「哀果」という名は啄木の為に使ったようなものだった。

とは言ってもこの期間に哀果は啄木の全集を出しただけでなく、その遺志をついで『生活と芸術』という雑誌を二年九ヶ月通巻三十四冊を一人で編集発行し、また啄木の未発表の遺稿をこの文芸誌や新聞等に発表して啄木を世に送り出した。その功績は計り知れない。

にも関わらず哀果や善麿を知る人は現在でもほとんどいない。まして氏を語る人は皆無といってよく文芸界の情報に疎い私も驚きを禁じ得なかった。私が知る限り善麿について本格的に語ったのは冷水茂太という〝無名〟に近い人物ただ一人である。実はこの人物は〝無名〟どころか歌人として立派な業績を持つ人物であるが、氏のことはこの世界でもさっぱり忘れられていて、我が国で土岐善麿を語った唯一の人物であるにも関わらず、不謹慎ながら〝無名〟と称せざるを得ない仕儀なのである。

本書では一部であるがこの人物に登場してもらっている。しかし、残念ながら冷水の奮闘むなしく土岐善麿を語り継ぐ人は途絶えたままである。

それゆえ、これからも機会ある限り冷水の後を追って土岐善麿の語り部を引き継ぎたいと思っているが如何せん寄る年波と相次いで重なる体調の不具合からあまり時間がないし、こうした硬派の書物を取り巻く出版界の風は厳しい。ただ、苦労して集めた資料だけはこつこつと今でも少しずつ繙き続けている。

それにしても戦前、戦中、戦後の多難な九十五年の歳月を生き抜き、膨大な著作を成した土岐善麿を語るには、一人の力では到底語り付くせない。本書がその嚆矢となって土岐善麿を語り継いでくれる機会になってくれればと願っている。

今回も社会評論社の松田健二氏に無理を聞いてもらった。組版・年表・関連人脈図では本間一弥氏の手を煩わせた。装幀もこれまで常に芸術的に仕上げてくれている中野多恵子氏にお願いした。また、年来の眼疾のため校正は今回も妻タケ子に助けてもらった。

二〇一七年四月十三日　啄木没後百三十一年目の節目に

長浜　功

啄木・哀果関連図

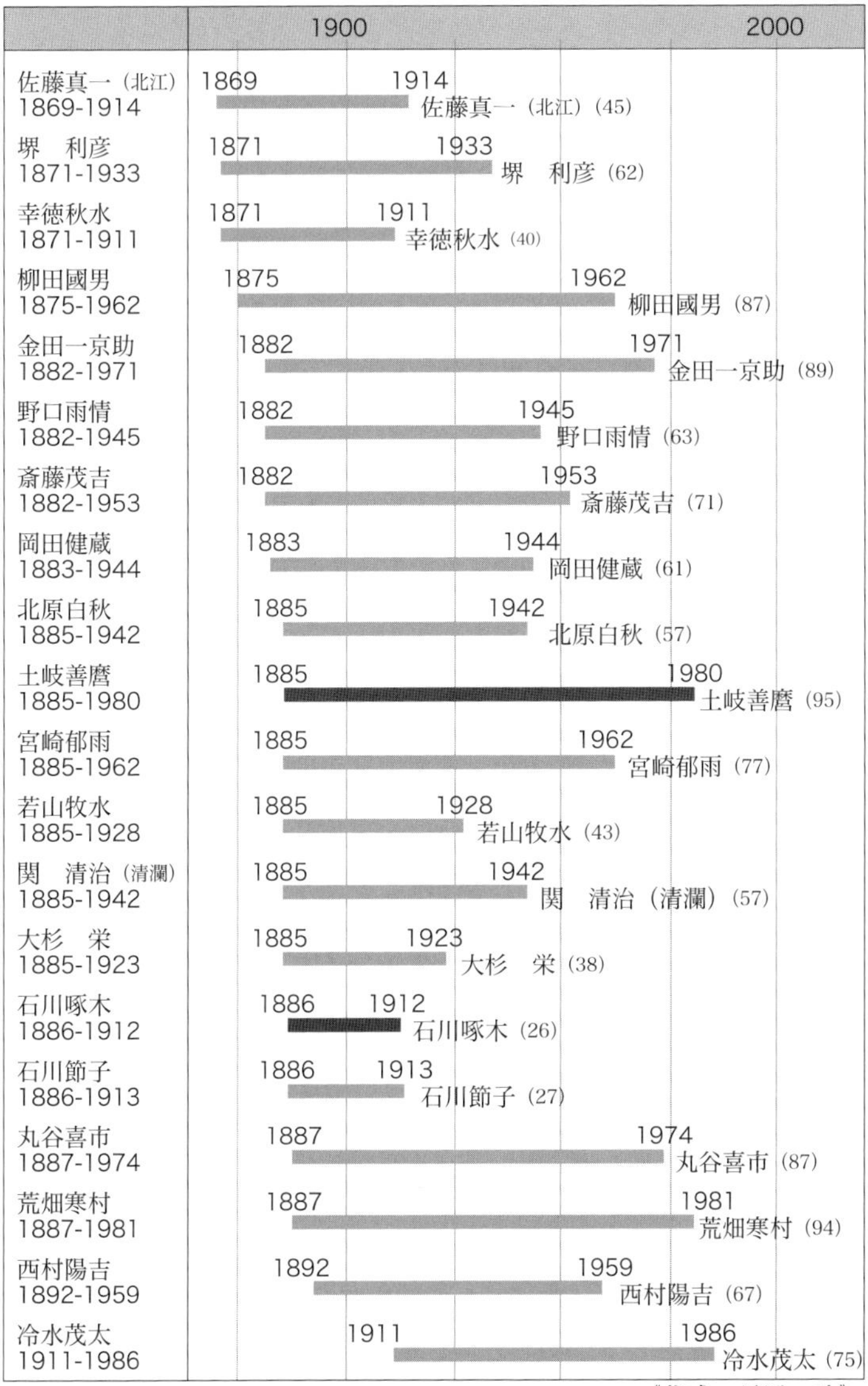
1900
2000
佐藤真一（北江）
1869-1914
1869
1914
佐藤真一（北江）(45)
堺　利彦
1871-1933
1871
1933
堺　利彦 (62)
幸徳秋水
1871-1911
1871
1911
幸徳秋水 (40)
柳田國男
1875-1962
1875
1962
柳田國男 (87)
金田一京助
1882-1971
1882
1971
金田一京助 (89)
野口雨情
1882-1945
1882
1945
野口雨情 (63)
斎藤茂吉
1882-1953
1882
1953
斎藤茂吉 (71)
岡田健蔵
1883-1944
1883
1944
岡田健蔵 (61)
北原白秋
1885-1942
1885
1942
北原白秋 (57)
土岐善麿
1885-1980
1885
1980
土岐善麿 (95)
宮崎郁雨
1885-1962
1885
1962
宮崎郁雨 (77)
若山牧水
1885-1928
1885
1928
若山牧水 (43)
関　清治（清瀾）
1885-1942
1885
1942
関　清治（清瀾）(57)
大杉　栄
1885-1923
1885
1923
大杉　栄 (38)
石川啄木
1886-1912
1886
1912
石川啄木 (26)
石川節子
1886-1913
1886
1913
石川節子 (27)
丸谷喜市
1887-1974
1887
1974
丸谷喜市 (87)
荒畑寒村
1887-1981
1887
1981
荒畑寒村 (94)
西村陽吉
1892-1959
1892
1959
西村陽吉 (67)
冷水茂太
1911-1986
1911
1986
冷水茂太 (75)

《作成　長浜　功》

土岐哀果と石川啄木　関連年表

《作成　長浜　功》

年代	土岐哀果	石川啄木	備考
一八八五年（明治十八年）	六月八日、東京浅草（現在台東区西浅草）等光寺住職土岐善静《ぜんじょう》、母観世《みよ》の次男として生まれる。		哀果の父善静は僧籍のみならず国文学などに造詣が深く和歌を嗜み等光寺の本堂は漢籍に満ちていた。
一八八六年（明治十九年）		二月二十日、岩手県南岩手郡日戸村常光寺で父石川一禎、母カツの長男「一《はじめ》」として生まれる。	
一八九一年（明治二十四年）		《五歳》 渋民尋常小学校入学。	啄木の父一禎は啄木に宝徳寺庫裏の一室を書斎として与え漢籍を好きなだけ読ませていた。これによって入学時にはほとんどの漢字を読み書きできるようになっていた。
一八九二年（明治二十五年）	《七歳》 浅草七軒町の大谷教校（後に真宗大学）入学。（哀果の父善静は同校の教師を兼任）		

一八九八年（明治三十一年）		《十二歳》盛岡中学入学。二年後三年に進級し金田一京助、及川古志郎、野村長一（胡堂）らと知り合う。	幸徳秋水等社会主義研究会設立
一八九九年（明治三十二年）	《十四歳》四月、府立第一中（現日比谷高）入学、一級下に谷崎潤一郎がいた。十二月から「学友会雑誌」編集に参加、俳句、短歌を投稿。		東京新詩社結成
一九〇二年（明治三十五年）		《十六歳》『明星』に短歌初めて掲載。学内試験でカンニング発覚。退学届けを提出、単身上京。	教科書疑獄事件起こる。
一九〇三年（明治三十六年）	《十八歳》短歌誌『新声』に雅号「湖友」で投稿。（「湖友」は父善静の命名、こどもの謂）		一高生藤村操華厳の滝で投身自殺。
一九〇四年（明治三十七年）	《十九歳》早稲田大学入学。同級に若山牧水、北原白秋。	《十八歳》父一禎宝徳寺住職を罷免。堀合節子と婚約。『明星』『岩手日報』『時代思潮』『太陽』等に評論等を寄稿。	日露開戦 二葉亭四迷『朝日新聞社』入社 与謝野晶子『君死にたまふことなかれ』
一九〇五年（明治三十八年）	《二十歳》「白菊会」に入会。金子薫園著『棱宵花』に湖友名で作品六首が掲載される。	《十九歳》初詩集『あこがれ』出版。節子と挙式。文芸誌『小天地』編輯刊行。	日本海海戦勝利 日露講和条約 国木田独歩独歩『独歩集』 上田敏『海潮音』

一九〇六年（明治三十九年）	《二十一歳》 薫園著『伶人』に作品二十四首が採用された。 父善静没五十九歳。 同級生牧水らと回覧誌「北斗会」を結成、創作活動に励む。 学外の島村抱月に師事する。	《二十歳》 経済的苦境から一家離散、啄木、節子、カツは渋民農家六畳に移住、代用教員となる。 六月農繁休暇中に二度目の上京、文壇の動向を探る。十二月二十九日長女京子生れる。 小説家を目指し『雲は天才である』の筆をとる。	婦人参政権運動起こる。 東北地方大飢饉。 日露講和条約により樺太領有。 島崎藤村『破戒』 夏目漱石『坊っちゃん』『草枕』 川上眉山『観音岩』 岩野泡鳴『神秘的半獣主義』
一九〇七年（明治四十年）	《二十二歳》 荒畑寒村、菅野すが子を訪問する。 父の遺骨を京都本願寺の納骨後、大阪、神戸、奈良、名古屋に遊ぶ。	《二十一歳》 函館「苜蓿社」へ渡道の意向打診、五月五日函館青柳町へ。 八月二十五日函館大火に遭い九月十六日札幌の北門新報に入る。 九月二十七日、小樽日報社に移り函館から家族呼ぶ。 十二月小樽日報事務長小林寅吉から暴力を受け憤然退社。	足尾鉱山争議、軍隊に拠る鎮圧。 漱石「朝日新聞社」入社。 函館大火。焼失、一万二千三百九十五戸。 泉鏡花『婦系図』 幸徳秋水『平民主義』 夏目漱石『虞美人草』 田山花袋『蒲団』
一九〇八年（明治四十一年）	《二十三歳》 雅号を「哀果」とする。 早稲田大学を卒業。 十月読売新聞社入社、社会部に配属となる。月給三十五円。	《二十二歳》 一月「釧路新聞」勤務の為釧路へ単身赴任、実質的編集長で辣腕を振るう。同時に酒女に明け暮れる。 四月、現状打破を自覚、上京して作家を目指すべく釧路を離脱五月単身上京。作品は売れず生活圧迫を金田一京助が救う。	荒畑寒村「赤旗」事件で検挙。 警察犯処罰令交付。 森田草平・平塚雷鳥心中（未遂）。 川上眉山自殺。 正宗白鳥『何処へ』 島村抱月『文芸上の自然主義』 永井荷風『あめりか物語』 若山牧水『海の声』

		自殺を考えるが十一月「鳥影」が「東京毎日」に掲載される。	夏目漱石『三四郎』 徳田秋声『新世帯』 国木田独歩『欺かざるの記』
一九〇九年（明治四十二年）	《二十四歳》 芝区愛宕の中村寅吉三女タカと結婚。下谷区（現台東区）に住む。	《二十三歳》 三月「朝日新聞」校正係となる。月給二十五円。編集長佐藤北江との出会い。 いわゆる「ローマ字日記」時代、浅草「塔下苑」で放蕩三昧。 六月函館の留守家族、郁雨に伴われて上京、久々の団欒。	新聞紙法公布により紙面統制強化される。 伊藤博文ハルピン駅で暗殺。 北原白秋『邪宗門』 夏目漱石『それから』 森鷗外『ヰタ・セクスアリス』 田山花袋『田舎教師』 徳富蘆花『寄生木』
一九一〇年（明治四十三年）	《二十五歳》 四月『NAKIWARAI』出版。 日本ローマ字会理事。 十二月読売新聞紙上に楠山正雄が啄木、哀果を新時代の歌壇のホープと紹介。 この年、朝日の上司杉村楚人冠を通じ堺利彦を知り付き合い始まる。	《二十四歳》 七月朝日に『NAKIWARAI』評を大木頭のペンネームで書く。 九月「朝日歌壇」『東京朝日新聞』選者となる。 十月四日、長男真一生れるも二十七日急逝、葬儀中に『一握の砂』の校正くる。（出版は十二月）	日韓併合。 幸徳秋水逮捕。 島崎藤村『家』 若山牧水『独り歌へる』 夏目漱石『門』 長塚節『土』 森鷗外『青年』
一九一一年（明治四十四年）	《二十六歳》 一月十三日、啄木と連絡を取り初めて会う。待ちかねていたように啄木が新しいスタイルの文芸誌創刊の話を持ち出す。哀果は最初はためらって	《二十五歳》 一月十三日、土岐哀果と初めて会う。意気投合、文芸誌『樹木と果実』を創刊することで一致。 二月一日、慢性腹膜炎と診断され入院手術、三月十五日退院す	大逆事件判決、幸徳秋水ら十二名死刑。 蘆花一高の講演で大逆事件裁判批判、校長新渡戸稲造譴責受ける。 警視庁に特高配置。

	いたが啄木の熱意にほだされて同意。しかし、啄木の発病と印刷所の背信の為に発刊は夢幻と消えた。（四月十八日、哀果と雑誌を断念することで一致）	るも高熱続く。節子、母カツ体調不良となり一禎が家出、郁雨の計らいで小石川の一軒家に移る。相次ぐ厄災に嫌気がさし絶望的になり啄木は堀合家、郁雨と「絶縁」する。	有島武郎『或る女』 岩野泡鳴『断橋』 北原白秋『思ひ出』 徳田秋声『黴』 森鴎外『雁』
一九一二年 （明治四十五年） （大正元年）	《二十七歳》 四月、啄木から預かった歌集を『悲しき玩具』として出版。印税二十円は啄木の霊前に届いた。 四月十五日、葬儀は哀果の兄で浅草等光寺住職の手で行われ遺骨は同寺総墓に埋葬された。 啄木の遺稿『我らの一団と彼』を読売新聞に掲載、稿料二十円を節子夫人に渡した。 啄木の遺品は金田一京助と土岐哀果に託された。「日記」は節子夫人が保管。 十月、大杉栄・荒畑寒村等の『近代思想』創刊。	《二十六歳》 二月二十日、病躯のため「日記」はこの日で閉じられる。 三月七日、母カツ死去、享年六十五歳。 四月十三日午前九時三十分、節子、牧水、一禎、同僚だった朝日の校正係関清治に看取られ永眠。 六月十四日節子千葉県北条町で次女房江出産。二十日『哀しき玩具』刊行。 九月四日、節子遺児二人と堀合家を頼って函館青柳町に居住。	美濃部達吉、天皇機関説論争。 富山県下で米騒動。 明治天皇崩御、大正に改元。 乃木希典殉職。 夏目漱石『彼岸過迄』 若山牧水『死か芸術か』 葛西善蔵『哀しき父』 鈴木三重吉『小鳥の巣』
一九一三年 （大正二年）	《二十八歳》 四月十三日、浅草等光寺にて啄木一周忌追悼会、与謝野寛ら六十余名参加。	三月、岡田健蔵、節子夫人の意向により啄木と真一の遺骨を浅草等光寺より函館に運ぶ。 五月五日、節子夫人肺結核で死	東京市内で焼き討ち、暴動等騒乱状態頻発。 文芸協会解散。

	五月、読売新聞特派員として二十二日間、朝鮮を廻る。『啄木遺稿』五月二十五日、出版なるも一足遅く節子夫人に届かず。 七月『不平なく』出版。 九月『生活と芸術』創刊、啄木の『樹木と果実』の遺志を継ぐ。	去。享年二十七歳。遺児京子と房江は函館移住の実父堀合忠操が預かる。 六月二日、岡田、宮崎等函館在住の有志で立待岬に設けた角柱の墓に納骨。暴風雨の中、斉藤大硯が「埋骨の辞」を朗読した。	森鷗外『阿部一族』 山里介山『大菩薩峠』 斎藤茂吉『赤光』
一九一五年（大正四年）	《三十歳》 二月《生活と芸術》第二巻第六号、初の発禁処分を受ける。 三月『街上不平』 七月、短歌の三行表記を止める。 九月、読売新聞社会部長となる。	四月十三日、等光寺にて啄木三周忌追想会参加者四十名。 内藤鋠策編『石川啄木』抒情詩社	森鷗外『山椒大夫』 徳田秋声『あらくれ』 夏目漱石『道草』 有島武郎『宣言』 芥川龍之介『羅生門』
一九一六年（大正五年）	《三十一歳》 六月、二年十ヶ月全三巻全三十四号を出した『生活と芸術』を突然廃刊。 啄木『我等の一団と彼』（『生活と芸術』叢書第六編）東雲堂より出版。 八月、函館に行き岡田健蔵の案内で立待岬の啄木旧墓に詣でる。 九月歌集『雑音の中』		森鷗外『高瀬舟』 北原白秋『雪と花火』 西村陽吉『都市居住者』 夏目漱石『明暗』 正宗白鳥『牛部屋の臭ひ』 永井荷風『腕くらべ』

一九一七年（大正六年）	《三十二歳》 八月、函館に行き岡田健蔵の案内で立待岬の啄木の旧墓に詣でる。		
一九一八年（大正七年）	《三十三歳》 九月、土岐哀果編『啄木選集』新潮社 十月、読売新聞社を辞めて朝日新聞社に移る。この頃から哀果の雅号を廃し本名の善麿を使用する。 十一月『緑の地平』		米価高騰、米騒動頻発。 デモクラシー思潮高揚。 有島武郎『生まれ出づる悩み』 葛西善蔵『子をつれて』 佐藤春夫『田園の憂鬱』 武者小路実篤『新しき村の生活』 田山花袋『毒と薬』 『赤い鳥』創刊
一九二〇年（大正九年）	《三十五歳》 土岐哀果編『啄木全集』全三巻　新潮社版刊行。全集はたちまちベストセラーとなり無名だった啄木の名は一躍全国に知れ渡った。 哀果、堀合忠操に『全集』の印税を啄木の遺児の育英資金とすることを相談する。		最初のメーデー 国勢調査開始 山本有三『生命の冠』 幸田露伴『平将門』 有島武郎『惜しみなく愛は奪ふ』 『社会主義』創刊
一九八〇年（昭和五十五年）	《九十五歳》 三月十五日、老衰で逝去。生前の善麿の意志により戒名は		亡くなる二年前に善麿は所蔵する石川啄木の原稿、ノート、書簡、文献資料、一切を日本近代文学

つけず生家浅草等光寺境内に「一念」と刻印した石塔に三年前に亡くなった妻タカと二人で眠っている。

館に寄贈した。本来であればこれら啄木の資料は善麿が館長を務めた日比谷図書館や、或いは函館の啄木文庫に収めても不思議はなかったが善麿はこれらを選ばなかった。その理由について善麿は語っていない。

《主要参考文献》

【全般】

1 佐藤　勝編『石川啄木文献書誌集大成』武蔵野書房　一九九九年
2 岩城之徳他編『石川啄木全集』（全八巻）筑摩書房　一九七九年
3 土岐哀果編『啄木全集』（全三巻）新潮社　一九二〇年
4 土岐善麿編『生活と芸術』（第一巻第一号―第三巻第十号　全三十四冊）東雲堂書店
（復刻版　明治文献資料刊行会　一九六七年）
5 大杉栄編『近代思想』（復刻版）近代思想社　一九一二・大正元年〜一九一六・大正五年

【石川啄木関連】

1 岩城之徳『石川啄木傳』東宝書房　一九五五年
2 岩城之徳『補説石川啄木伝』さるびあ出版　一九六八年
3 岩城之徳『啄木評伝』學燈社　一九七六年
4 岩城之徳『石川啄木伝』筑摩書房　一九八五年
5 岩城之徳編『回想の石川啄木』八木書店　一九六七年
6 岩城之徳『啄木必携』学燈社　一九六七年
7 金田一京助『金田一京助全集　第十三巻　石川啄木』三省堂　一九九三年
8 角川源義編『短歌―五十年忌記念特集・啄木とその時代』角川書店　一九六一年
9 土岐善麿編『啄木遺稿』東雲堂書店　一九一三年
10 安藤正純「啄木の思ひ出」『文藝春秋』五月号　一九三四年
11 関順治（清瀾）「噫石川啄木君」『朝日新聞』一九一二年四月二十日

12　天野　仁『石川啄木と関西』和泉書院　一九八七年
13　「啄木生誕八十年特集」『短歌』角川書店　一九六七年十月号
14　斎藤三郎『文献石川啄木』青磁社　一九四二年
15　斎藤三郎『続文献石川啄木』青磁社　一九四二年
16　清水卯之助『石川啄木―愛とロマンと革命と』和泉書院　一九九〇年
17　藤沢　全『啄木哀果とその時代』桜楓社　一九七三年

【土岐哀果関連】

1　冷水茂太『評伝　土岐善麿』橋短歌会　一九六四年
2　冷水茂太『土岐善麿考』青山館　一九八五年
3　冷水茂太『啄木と哀果』短歌新聞社　一九六六年
4　冷水茂太『啄木私稿』清水弘文堂　一九七八年
5　冷水茂太『大日本歌人協会』短歌新聞社　一九六五年
6　冷水茂太編『周辺―土岐善麿追悼特集』周辺の会　一九八〇年
7　冷水茂太『斜面慕情』短歌周辺社　一九八二年
8　長谷川銀作編『余情―土岐善麿研究』千日書房　一九四八年
9　土岐善麿『啄木追懐』東雲堂　一九一三年
10　土岐善麿『啄木追懐』改造社　一九三二年
11　土岐善麿『春望―自選エッセイ集』蝸牛社　一九七六年
12　土岐哀果『佇みて・黄昏に』春陽堂書店　一九三六年
13　土岐哀果『雑音の中』東雲堂書店　一九一六年
14　土岐善麿『短歌―啄木とその時代』（四月号）角川書店　一九六一年

15 土岐哀果『緑の地平』東雲堂書店　一九一八年
16 土岐哀果『黄昏に』西郊書房　一九四八年
17 土岐善麿『六月』八雲書林　一九四〇年
18 土岐善麿『周辺』日本評論社　一九四二年
19 土岐善麿「五十年の後―啄木追懐五十首」『短歌―特集啄木とその時代』第四号
角川書店一九六一年
20 土岐善麿『斜面の憂鬱』八雲書林　一九四〇年
21 土岐善麿『土岐善麿歌論歌話　上・下』目耳社　一九七五年
22 土岐善麿『不平なく』春陽堂　一九一三年
23 土岐善麿『晴天手記』四条書房　一九三四年
24 土岐善麿『緑の斜面』日光社　一九二二年
25 土岐善麿『歌集』日本評論社　一九四八・昭和二十三年
26 土岐善麿『土岐善麿歌集』光風社書店　一九七一年
27 土岐哀果『生活と芸術』東雲堂　一九一三年―一九一六年六月（創刊号～廃刊号）
28 土岐哀果編『啄木選集』新潮社　一九一八年
29 「特集・土岐善麿」『短歌』角川書店　一九八五年十月号
30 「土岐善麿研究」『余情　第七集』一九四八年

【その他】

1 清水弥太郎編『聖戦歌集』岡倉書房　一九四一年
2 斎藤茂吉『浅流』八雲書店　一九四六年
3 斎藤茂吉「雪」『思索』第一号　青磁社　一九四六年

4　斉藤茂吉『童馬漫語』斉藤書店　一九四八年
5　斎藤三郎『啄木文学散歩』角川書店　一九五六年
6　泉漾太郎『野口雨情回想』筑波書林　一九七八年
7　西脇　巽『石川啄木の友人　京助、雨情、郁雨』同時代社　二〇〇六年
8　若山牧水『若山牧水歌集』岩波書店　一九三六年
9　北原白秋『北原白秋歌集』岩波書店　一九九九年

著者紹介

長浜　功（ながはま　いさお）

1941 年北海道生まれ、北海道大学教育学部、同大学院修士、博士課程を経て上京、法政大学非常勤講師等を歴任後、東京学芸大学常勤講師に任用、以後同助教授、教授、同博士課程連合大学院講座主任、2007 年定年退職（濫発される「名誉教授」号は辞退）以後、日本文化と芸術に関する研究に専念。

【主な著書】
1『教育の戦争責任―教育学者の思想と行動』1979 年　大原新生社
2『常民教育論―柳田国男の教育観』1982 年　新泉社
3『国民学校の研究―皇民化教育の実証的解明』1985 年　明石書店
4『国民精神総動員の思想と構造―戦時下民衆教化の研究』
　1987 年　明石書店
5『教育芸術論―教育再生の模索』1989 年　明石書店
6『彷徨のまなざし―宮本常一の旅と学問』1995 年　明石書店
7『日本民衆の文化と実像―宮本常一の世界』1996 年　明石書店
8『真説　北大路魯山人―歪められた巨像』1998 年　新泉社
9『北大路魯山人―人と芸術』2000 年　双葉社
10『北大路魯山人という生き方』2008 年　洋泉社

【主な編集・監修】
1『名著の復興―柳田國男教育論集』1983 年　新泉社
2『名著の不幸―柳田國男文化論集』1983 年　新泉社
3『国民精神総動員―民衆教化動員史料集成』全３巻
　1988 年　明石書店
4『公職追放―復刻資料』全２巻　1988 年　明石書店
5『史料　国家と教育―近現代日本教育政策史』1989 年　明石書店

啄木の遺志を継いだ　土岐哀果《ときあいか》
——幻の文芸誌『樹木と果実』から初の『啄木全集』まで

2017年5月25日　初版第1刷発行

著　者————長浜　功
装　幀————中野多恵子
発行人————松田健二
発行所————株式会社 社会評論社
東京都文京区本郷2-3-10
電話：03-3814-3861　Fax：03-3818-2808
http://www.shahyo.com
組　版———— Luna エディット .LLC
印刷・製本——株式会社　倉敷印刷

Printed in japan